क्यों फँसें!

यशपाल

(1903-1976)

जन्म : फिरोजपुर छावनी, पंजाब में।

शिक्षा : प्रारम्भिक शिक्षा गुरुकुल काँगड़ी, डी.ए.वी. स्कूल, लाहौर और फिर मनोहर लाल हाई स्कूल में हुई। वहीं से सन् 1921 में प्रथम श्रेणी में मैट्रिक की परीक्षा में उत्तीर्ण हुए।

गतिविधियाँ : प्रारम्भिक जीवन रोमांचक कथाओं के नायकों सा है। भगत सिंह, सुखदेव, बोहरा और आजाद के साथ मिलकर क्रान्तिकारी कार्यों में खुलकर भाग लिया। सन् 1931 में 'हिन्दुस्तान समाजवादी प्रजातंत्र सेना' के सेनापति आजाद के मारे जाने पर सेनापति नियुक्त। 1932 में पुलिस के साथ एक मुठभेड़ में इलाहाबाद में गिरफ्तार। 1938 में जेल से छूटे। तब से अंतिम दिन तक लेखन कार्य में संलग्न रहे।

मृत्यु : 26 दिसम्बर, 1976

आवरण : सोरित

यशपाल

क्यों फँसें!

लोकभारती पेपरबैक्स

पहला पुस्तकालय संस्करण
विप्लव कार्यालय, लखनऊ से
1968 में प्रकाशित

लोकभारती पेपरबैक्स में
पहला संस्करण : 2010

लोकभारती पेपरबैक्स : उत्कृष्ट साहित्य के लोकप्रिय संस्करण

लोकभारती प्रकाशन
पहली मंजिल, दरबारी बिल्डिंग
महात्मा गाँधी मार्ग, इलाहाबाद-1
वेबसाइट : www.lokbhartiprakashan.com
ई-मेल : info@lokbhartiprakashan.com
शाखाएँ : 1-बी, नेताजी सुभाष मार्ग, दरियागंज नई दिल्ली-110 002
अशोक राजपथ, साइंस कॉलेज के सामने पटना-800 006

आवरण : सोरित

इण्डियन प्रेस प्रा. लिमिटेड
इलाहाबाद-211 002
द्वारा मुद्रित

मूल्य : रु. 90.00

KYON PHANSE
by Yashpal

ISBN : 978-81-8031-486-5

समर्पण

पुराणमित्येव न साधु सर्वम्!

परम्परा ही सदा श्रेय नहीं होती।

—कालिदास

क्यों फँसें!

उससे भास्कर की पहली मुलाकात हुई आर्ट हाल में। प्रदर्शनी थी, उस साल के सौ नये चित्रों की। कलाप्रेमी समुदाय को नयी विकासोन्मुख प्रतिभाओं के परिचय का अवसर देने के लिये।

भास्कर राजधानी में एक खूब प्रतिष्ठित पत्र में काम करता है। मुख्यतः उसका क्षेत्र आर्थिक-राजनैतिक समस्याएँ हैं। कम उम्र में ही विशेष सम्वाददाता। कुछ लोगों का विचार है कि इस सफलता का आधार केवल योग्यता ही नहीं, मुसाहिबी का चातुर्य भी है। उसे साहित्य और कला में रुचि है। उस विषय में अच्छी समझ और गति भी। अवसर पड़ने पर या सहयोगियों के लिहाज में साहित्यिक गोष्ठियों, सांस्कृतिक समारोहों या कला प्रदर्शनियों के विवरण और उन पर टिप्पणियाँ भी निबाह देता है। उन क्षेत्रों से भी कुछ परिचय है।

पत्र के कला समीक्षक अरुण मित्रा को अकस्मात कलकत्ता जाना आवश्यक हो गया। भास्कर से अनुरोध कर गया—जरा चित्र प्रदर्शनी पर नजर डाल लेना। खलीफ़ा गुहा को उछालना चाहता है। दो लाइनें उसके लिये लिख देना।

भास्कर ने प्रदर्शनी में जाने के लिये दफ्तर से गाड़ी ले ली। खुद ड्राइव कर लेता है। चाहे तो गाड़ी सुविधा से मिल सकती है। खयाल था, बीस मिनट-आधे घण्टे में प्रदर्शनी निबटा लेगा, फिर संध्या एक-दो जगह घूम लेने का अवसर रहेगा। आर्ट हाल समय पर पहुँच गया। अधिक दर्शक नहीं थे। हाल में दाहिनी ओर पुराना चित्रकार खलीफ़ा मौजूद था, निर्देशक की मुद्रा में। छोटी बकर-दाढ़ी, ठोड़ी जरा उठी हुई। दर्शकों के सिरों पर से तैरती नजर। समीप दो जवान और एक कमनीय नवयुवती सहायता और संरक्षण की आशा में विनीत।

भास्कर से नजर मिली तो खलीफ़ा का एक हाथ उठ गया, हैलो के संकेत में। उँगलियों में बुझा हुआ सिगार था। मुस्कराकर भास्कर की ओर बढ़ आया—"मित्रा नहीं आया?"

भास्कर से उत्तर पाकर खलीफ़ा ने उसका हाथ आत्मीयता से एक बार और दबाया—"डियर, तुम आये तो और भी अच्छा। सच, तुम्हारी पकड़ गहरी है। यहाँ दो-चार चीजें अच्छी हैं।" भास्कर की कोहनी में बाँह डाल खलीफ़ा उसे दाहिनी दीवार के बीचोंबीच दो चित्रों के सामने ले गया। बुझा हुआ सिगार एक धूसर-नीले कैन्वस की ओर उठाया और अंग्रेजी में बोला—"क्या कहते हो!...... है न शून्य का बोलता संकेत!" खलीफ़ा मुस्कराया।

"हूँ!" चित्र में कैन्वस पर गहरे धूसर-नीले रंग का फैलाव छिन्न वृत्तों में केन्द्र की ओर हल्का होता हुआ। भास्कर ने बहुत ध्यान से देखने के प्रयत्न में गहरा श्वास लिया।

खलीफ़ा ने सिगार से समीप के दूसरे चित्र की ओर संकेत किया। भास्कर की दृष्टि उधर गयी। नजर गड़ाने पर भी मटमैली रेखाओं के जंजाल में कुछ भाँप न सका।

"गहरी चीज है।" खलीफ़ा ने सराहना की।

भास्कर दुविधा में था। तब तक उसे रेखाओं में नदी तट के सूखे सरपत में एक बड़े ढेले पर बैठकर टर्राते मेंढक की आकृति का आभास हो गया।

"हूँ!" भास्कर ने गर्दन झुकायी।

"बहुत सफल है।" खलीफ़ा ने समर्थन किया।

खलीफ़ा का हाथ भास्कर की कोहनी छोड़ समीप खड़े युवक के कन्धे पर चला गया—''यह दोनों गुहा के हैं।''

भास्कर को चित्रकार का नाम याद था, कैन्वस पर भी देख लिया था। चित्रकार से परिचय में हाथ मिलाने के लिये घूमा तो नजर हाल में घूम गयी। पहली नजर में खलीफ़ा के समीप दिखायी दी—बादामी रंग की रेशमी साड़ी और चुस्त स्वेटर में कमनीय युवती। वह संकोच से कुछ पीछे खड़ी उसी की ओर देख रही थी।

भास्कर की कोहनी खलीफ़ा ने फिर बाँह में ले ली—''यह और देखो।'' उसे बायीं ओर तीन कदम ले जाकर खलीफ़ा का सिगार फिर उठा, ''क्या कहते हो?'' चित्र में रस्सी के दो टुकड़े ढीले फँदों में बँधे हुए, ''क्या सूझ है!'' ध्वनि में सराहना।

खलीफ़ा चित्रकार का परिचय देने के लिये घूम गया। चित्रकार का परिचय पाते समय भास्कर की नजर ने फिर युवती को खोज लिया। वैसे ही सहमी हुई। वह खलीफ़ा का इशारा पाकर आगे बढ़ आयी।

भास्कर को खलीफ़ा कोने तक ले गया। सिगार को एक अन्य चित्र की ओर उठाया—''पुराना ढंग है.......पर उत्साह बढ़ाया जा सकता है।''

चित्र हल्के भूरे रंग की संक्षिप्त रेखाओं में था। कसरती युवक के धड़ की पीठ का पार्श्व। पुष्ट सुडौल उभरी, तनी हुई पेशियाँ। मेरुदण्ड कमर की ओर नाली की तरह धँसा हुआ। सामने आइने में उन्नत, चौड़ा-चकला, सघन लोमपूर्ण सीना। पीठ से चिपकी नाभी पर त्रिवली। भुजा कंधे से समतल और कोहनी से समकोण पर उठी हुई। कड़ी मुट्ठी बाँधने से कंधे और कोहनी के बीच गेंद की तरह उठ आयी पेशी। मजबूत चेहरे पर संतोष और गर्व का आभास।

चित्र पर नजर पड़ते ही भास्कर की स्मृति कौंध गयी। यूनीवर्सिटी होस्टल में रहते समय वह प्रायः व्यायामशाला (जिम्नेजियम) में जाकर समानान्तर दण्डों (पैरेलल बार्स) और समधरातल दण्ड (हारीजोण्टल बार) पर कसरत कर लेता था। उसने भी कसरत के प्रभाव के अनुमान के लिये कई बार आइने के सामने इसी प्रकार अपनी बाहु पेशियों को देखा था। भास्कर अभी चित्र को देख रहा था, खलीफ़ा ने उसकी कोहनी पर टोहका दिया—''यह देखो!''

दूसरा चित्र था—धूसर काले और फीके पीले रंगों में। रात की वर्षा, पहाड़ी नगर के सूने बाजार में एक तिमंजिला मकान। सूनी सड़क पर बिजली के धुँधले प्रकाश में झरती बूँदें। धुँधली पीली खिड़कियों से मकान की तीनों मंजिलों में जीवन का आभास। सूने बाजार में छतरी के नीचे झुका चलता एक व्यक्ति। भास्कर के मस्तिष्क में शिमला याद आ गया। चित्र उसे अच्छा लगा, यथार्थ! चित्र का शीर्धक था—बसेरा। पहले चित्र का—व्यायाम। कलाकार का नाम—मोती।

"यह है कलाकार।" खलीफ़ा ने भास्कर की बाँह पर हाथ रखा, "इसे भी जरा याद रखना।" बादामी रेशमी साड़ी और चुस्त स्वेटर में सुडौल-गोरी युवती समीप आ गयी, नमस्कार के लिये हाथ जोड़े, विनय और संकोच में मुस्कान का यत्न।

सुखद सिहरन भास्कर के शरीर में दौड़ गयी—"बहुत सुन्दर चित्र है।" भास्कर सराहना में मुस्कराया।

"धन्यवाद।" युवती के चेहरे पर उत्साह का पुलक आ गया।

"अच्छा, याद रखना!" खलीफ़ा ने भास्कर का हाथ दबाया। उसे अपना अधिक परिचित, दूसरे प्रतिष्ठित पत्र का प्रतिनिधि दिखायी दे गया था, "फिर मिलेंगे।" गुहा और दूसरा युवक भी उसके पीछे-पीछे।

युवती भास्कर के समीप रही। झिझक और मुस्कान से पूछ लिया—"चित्र आपको अच्छे लगे?"

"निश्चय,·····सबसे अच्छे।" भास्कर जरा झिझका, "यहाँ अभी तक जो देख पाया हूँ।····आप कलाकार हैं। दूसरे चित्र समझने में सहायता दें तो आभार होगा।" परिचय की औपचारिकता और पत्रकार की स्थिति से बातचीत के अधिकार का विश्वास दिलाने के लिये भास्कर ने अपना कार्ड जेब से निकालकर मोती की ओर बढ़ा दिया।

मोती पहले ही जान चुकी थी। विनय की मुस्कान से धन्यवाद देकर कार्ड ले लिया, परन्तु राजधानी की आधुनिकओं की तरह तुरन्त बढ़कर अपना परिचय न दे सकी। उत्सुकता के बावजूद भास्कर को वह झिझक प्यारी लगी।

पत्रकार के रूप में भास्कर को प्रायः राजनैतिक, सामाजिक, शिक्षा, कला या अन्य क्षेत्रों की कार्यकर्ता सुन्दर या साधारण प्रौढ़ाओं, युवतियों,

नवयुवतियों से भी सम्पर्क पड़ता रहता है। ऐसे अवसर पर वह उन्हें अमुक क्षेत्र का व्यक्ति समझता है, परन्तु मोती पहली नजर में युवती नारी लगी। कलाकार के रूप में परिचय पा लेने पर भी कमनीय युवती लग रही थी, बहुत आकर्षक।

''मैं खुद बहुत नहीं समझती।'' मोती संकोच से बोली, ''आप सब देखिये जरूर।'' वह भास्कर के साथ-साथ चित्रों के सामने चलने लगी। भास्कर सभी चित्रों के बारे में मोती से कुछ कहना चाहता था। उसकी नजर बार-बार मोती के सुडौल शरीर और भंगिमा पर, चोटी से एड़ी तक फिर जाती। चेहरा सन्दली गोरा, अण्डाकार प्यारा। खुले माथे पर सुघड़ सादगी से अकृतिम जूड़े में ढीले बँधे घने केश, भरे-भरे। भौंवें और ओंठ प्रसाधन से चुभते नहीं। मंझले से जरा उठता कद। कन्धे कमान जैसे झुके, सिमटे। सामने और पीछे आकर्षक उभार। पकते यौवन की सुडौल कोमलता। ढंग आगे बढ़कर ध्यान पाने और मुँह लगने का नहीं, शालीन संकोच और आकर्षक झिझक का।

प्रदर्शनी में अधिकांश चित्र अति आधुनिक, अति अमूर्त या भविष्य में समझे जा सकने वाले थे। रेखाओं और रंगों में पहेलियाँ। अबूझ आकृतियाँ या संकेत। रंगों का उच्छृंखल सामंजस्यहीन संयोग। भास्कर उन कृतियाँ के प्रति अपनी अरुचि दबा नहीं पा रहा था। कलाकार का मत भी जानना चाहता था। मोती का मत अनिश्चित—''अपनी-अपनी कल्पना हो सकती है। दूसरे का अभिप्राय समझ न भी आये।''

''कलाकार का संकेत कलाकार भी न समझ पाये!'' भास्कर ने विस्मय प्रकट किया।

''कला के प्रति रुचि या कलात्मक रचना की इच्छा एक बात है पर सबकी अपनी-अपनी सीमायें हैं। अपनी-अपनी प्रवृत्ति और समझ।'' मोती ने नजर मिलाकार उत्तर दिया।

भास्कर सन्तुष्ट हो गया। मोती के उत्तर से या उसके कच्चे नारियल की सफेदी लिये, भोली आँखों की सराहना में। स्वीकार किया—''ठीक कहती हैं।''

भास्कर का विचार था, आधे घण्टे में प्रदर्शनी निबटा कर साउथ एक्सटेंशन में एक मित्र के यहाँ जाने का। प्रदर्शनी से चल देने को मन

न हुआ। वह फिर मोती के चित्रों की ओर बढ़ गया—"चित्र आपके दोनों ही बहुत अच्छे, संग्रहणीय हैं।"

"धन्यवाद, आप प्रदर्शनी के बारे में अपने पत्र में लिखेंगे?" मोती झिझक से मुस्करायी।

"जरूर!" भास्कर ने आश्वासन दिया, "इसीलिये आया हूँ।" बातचीत का सूत्र बढ़ाया, "आप पूरा समय कला साधना में देती हैं?" वह मोती के बारे में जानना चाहता था।

"नहीं···पर एक तरह से।" मोती नजर बचाकर बोली, "गर्ल्स कालेज में आर्ट टीचर हूँ। दो प्रकाशकों से परिचय है। कभी कुछ वैसा काम भी कर लेती हूँ।"

भास्कर को हाल में एक घण्टे से अधिक हो गया था—"आपका यहाँ अन्त तक ठहरना आवश्यक है?"

मोती ने कलाई की ओर नजर की—"आवश्यक तो नहीं।"

"इतने अच्छे चित्र देखकर और रोचक परिचय के बाद एक-एक कप कॉफी ले ली जाये कनाट प्लेस में।" भास्कर ने अनुरोध किया, "आपसे बातचीत में कुछ और जानकारी हो सकेगी।"

"मैं किस लायक हूँ।" मोती झिझकी, "वहाँ जाने और कॉफी के लिए रुकने में विलम्ब हो सकता है। मुझे राजेन्द्र नगर जाना है। यहाँ से सीधी बस है।"

"विलम्ब न होगा।" भास्कर ने आश्वासन दिया, "मेरे पास सवारी है। राजेन्द्र नगर भी पहुँचा सकता हूँ।"

भास्कर कॉफी के लिये मोती को 'रीजेंट' में ले गया। रेस्तोराँ में संध्या की भीड़। एक कोने में छोटी मेज पर कोई न था, यह भास्कर को और अच्छा लगा। दोनों आमने-सामने बैठे। समीप लाल शेड से ढकी मध्यम गुलाबी रोशनी में मोती के रूप-आकृति और भी कमनीय लग रहे थे। बातचीत के प्रसंग के लिये भास्कर ने स्मृति राफेल, विन्सी, शिश्किन, पिकासो, गोगाँ, यामिनीराय, रवि वर्मा, बोस के चित्रों की बात आरम्भ की। मोती का उतना परिचय न था। अपने विषय के इतने सीमित ज्ञान से भास्कर को मोती की सरलता और उसकी कला में स्वाभाविकता का आभास हुआ। उसे झेंपते देख भास्कर ने फिर उसी के

चित्रों की चर्चा की—"आपने काफी चित्र बनाये होंगे। हाथ खूब जमा हुआ है। प्रदर्शनियों में प्रायः रखती होंगी। अन्य चित्रों को देख सकने की सम्भावना···।"

मोती ने स्वीकार किया—उसके चित्र तीन वर्ष से प्रदर्शनी में लिये जा रहे थे। बिका अब तक केवल एक था। बम्बई से किसी महाराष्ट्रीयन ने खरीदा था।·····चित्रों की बिक्री में काफी तिकड़म चलती है। लोग अक्सर एक्सपर्टों और दलालों की सिफारिश पर खरीदते हैं। गुरु लोग अपने फेवरिटों की सिफारिश करते हैं। दलाल कमीशन चाहते हैं। घर पर कुछ चित्र थे, परन्तु दिखा सकने की सुविधा···दिल्ली में मकानों की अवस्था, चित्र लगा सकने के लिये स्थान। केवल तीन कमरों में पूरा परिवार। चित्र दिखा सकने के बारे में सोच कर ही बता सकती थी।

भास्कर ने 'बसेरा' चित्र की बात की—"पहाड़ी नगर में बरसाती रात साक्षात् लग रही है। आँखों देखा तथ्य चित्रण है तो बहुत गहरी दृष्टि····। अनुमान है, संध्या खिड़की से, शिमला में माल रोड के किसी मकान की खिड़की से····।"

"शिमला कभी नहीं गयी।" मोती मुस्करायी, "मसूरी जाती हूँ। पिता वहाँ ही हैं। चित्र दो महीने पूर्व दिल्ली में ही बनाया था। कुछ देखे की स्मृति से, कुछ कल्पना!"

"बहुत अच्छा बना है।" भास्कर ने उत्सुकता प्रकट की, "व्यायाम भी इसी प्रकार कुछ देखे की स्मृति, कुछ कल्पना?"

कटाक्ष स्पष्ट न था, परन्तु उसके ओठों और भौंवों पर हल्की शिरकन के सन्देह से मोती ने नजर बचाकर कह दिया—"हाँ, ऐसे ही समझिये।"

"उसके लिये प्रेरणा या स्फूर्ति क्या समझी जाये?" इस बार मुस्कान उतनी दबी न थी।

मोती ने झेंप छिपाने के लिये मध्यमा के नाखूनों को अँगूठे से कुरेदा—"स्वस्थ-सबल, सुन्दर की कल्पना···सराहना।"

कलाकार की शिरायें झंकरित होकर नजरें झुक गयी। चेहरा गुलाबी, रोमांच! मानों भास्कर की दृष्टि ने आवरणों को भेदकर शरीर को छू लिया हो। पलकें उठाने का यत्न किया। आधी ही उठकर झुक गयीं पर

ओठों पर मुस्कान झलक गयी। भास्कर अपने दुस्साहस के स्वागत से गद्गद हो गया। कुछ मिनट दोनों परस्पर सामीप्य से संतुष्ट मौन बैठे रहे।

मोती ने घड़ी की ओर नजर कर मौन तोड़ा—"विलम्ब हो जायेगा।" स्वर में आशंका नहीं, उद्रेक का भारीपन था।

कनाट प्लेस से राजेन्द्र नगर बहुत समीप नहीं है पर भास्कर को लगा वह गाड़ी को अनावश्यक तेजी से चला रहा था। चाल धीमी कर बोला—"प्रदर्शनी के बारे में तो आप प्रातः पत्र में ही देख लेंगी। सौभाग्य हुआ है तो भेंट का अवसर होना चाहिये।"

मोती ने गर्दन के संकेत से स्वीकार किया।

"कल संध्या भी आप प्रदर्शनी में आयेंगी?"

मोती ने स्वीकार किया।

"यहाँ ही उतार दीजिये।" मोती ने राजेन्द्र नगर की मुख्य सड़क से फटती एक गली की ओर संकेत किया।

गाड़ी को सड़क के किनारे कर रोकते-रोकते भास्कर ने पूछ लिया—"कल संध्या भेंट होगी?"

मोती ने गर्दन के संकेत से हामी भरी। उसे कार का दरवाजा खोलने का प्रयत्न करते देख भास्कर ने हाथ बढ़ाकर दरवाजा खोल दिया। मोती के उतर जाने पर भास्कर ने विदा के लिये हाथ उसकी ओर बढ़ा दिया।

मोती ने दोनों हाथ जोड़कर नमस्ते की।

भास्कर के हाथ बढ़ाने पर दूसरी ओर झिझक से उसे दुराव न जान पड़ा। मोती की आँखों में विनय और मुस्कान में स्निग्धता थी।

जानता था, राजधानी की अनेक प्रायः अंग्रेजी बोलने वाली महिलायें भी आदर में हाथ मिलाने की अपेक्षा परम्परागत शील के अभ्यास से हाथ जोड़कर नमस्कार ही करती हैं।

"कल तक।" भास्कर का हाथ नमस्ते के उत्तर में माथे की ओर उठ गया।

राजेन्द्र नगर से वह दफ्तर लौटा। शनि की संध्या वह दफ्तर नहीं जाता। उस संध्या मित्रा की एवजी में प्रदर्शनी पर टिप्पणी देने के लिये गया। मोती से परिचय की उमंग मन में थी। साढ़े ग्यारह बजे बिस्तर पर

लेटा तो नये परिचय के संतोष की उमंग फिर उमग आयी। मोती का सुडौल शरीर, प्यारा चेहरा और आँखें! उसका शील से सिमटना। चेहरे पर संकोच की गुलाबी झलक। दबी-दबी मुस्कान। गाड़ी में समीप बैठने पर उसके केशों से कस्तूरी की कोमल सुगंध। इधर कई मास से उसके मन में किसी कमनीय युवती के सामीप्य और यदा-कदा संगति की इच्छा उभर रही थी। व्यवसाय के प्रसंग में उसका अनेक युवतियों नव-युवतियों से परिचय-सम्पर्क होता रहता है पर सख्य अथवा निकट सामीप्य का आकर्षण किसी के प्रति न जगा था। मोती पर नज़र पड़ते ही वह स्फुल्लिंग कौंध गया और इस प्रसंग में पूर्व विरक्तिकारक अनुभवों से भिन्न की आशा।

आयु अट्ठाईस की हो जाने पर भी भास्कर के मन में विवाह और गृहस्थ स्वप्न और उत्सुकता नहीं थी। स्वप्न था अपनी दृष्टि से कमनीय, संतोषजनक युवती को मैत्री और संगति के अवसर का।

× × ×

मोती के पति उससे पाँच सात मिनट पहले, परन्तु नित्य के समय से आधे-पौने घंटे पूर्व लौट आये थे। थके हुए लौटने पर पत्नी का घर पर न होना अच्छा नहीं लगा। पति ने असंतोष प्रकट किया—"प्रदर्शनी में अंत तक बैठे रहने की क्या जरूरत होती है। तुम्हारे खड़ी रहने से तस्वीरें बिक जायेंगी?" मिस्टर····को कलापक्ष से विशेष अनुराग नहीं था। वे पत्नी का ध्यान चित्रों और चित्र चर्चा की अपेक्षा अपनी सुविधा और गृहस्थी की ओर चाहते हैं। पहली बार वे समय निकालकर प्रदर्शनी के उद्घाटन के दिन पत्नी के साथ गये थे। वहाँ जाना उन्हें समय का अपव्यय ही लगा। वहाँ जाने के लिये काम का हर्ज क्या करते पर पत्नी आर्ट टीचर के रूप में साढ़े तीन सौ मासिक पाती है। इसका मूल्य जरूर है।

मोती कई मामलों में पति से बात सावधानी और संक्षेप से ही करती है, परन्तु उस संध्या अपने चित्रों की सराहना से और यों भी मन कुछ उमगा हुआ था। बोली—"रुकना पड़ गया। कई पत्रों के प्रतिनिधि आये थे। गुरु लोग तो अपने चमचों को ही उछालते हैं, परन्तु मेरे दोनों चित्रों की बहुत सराहना हुई। एक-दो ने उन्हें 'सबसे अच्छा' बताया।···· के प्रतिनिधि ने अपने पत्र में प्रदर्शनी के बारे में टिप्पणी लिखने के

लिये कहा है।'' अपने पर्स से भास्कर का कार्ड निकालकर पति को दिखाया।

कार्ड पर प्रतिष्ठित पत्र के नाम से मिस्टर को कुछ संतोष हुआ—''कुछ लिखे तो अच्छा ही है। कलाकार के नाम से ही चित्र बिकते हैं।''

''वह मेरे और चित्र भी देखना चाहता है।'' मोती ने बताया, ''मैंने कहा, ''घर में बात करके बताऊँगी।''

''देखकर खरीदेगा तो क्या पर लिखे तो भी अच्छा ही है।'' मिस्टर प्रसंग समाप्त करने के अभिप्राय से बोले, ''चित्र तो अमीरों का शौक हो सकते हैं या सरकार खरीद सकती है।'' अपने सीनियर को बहुत बड़ा मुकहमा मिलने और जूनियर के रूप में लाभ की संभावना का जिक्र करने लगे। इस मुकहमे के सम्बन्ध में उन्हें अगले दिन रविवार को भी सीनियर के यहाँ जाना था।

मोती सुबह जल्दी ही उठती थी। सास को पौ फटते-फटते चाय न मिलने से असुविधा होने लगती। छोकरे नौकर को भी उसी समय, सामने दुहाकर दूध लाने के लिए भेजना जरूरी होता। मिस्टर सुबह कुछ खा-पीकर नौ तक घर से चल देते हैं। स्वयं मोती को भी सवा नौ की बस चूक जाने से कालेज में विलम्ब की आशंका होती। नींद खुलते ही अखबार का ख्याल आया। उसके यहाँ दस पैसे वाला अखबार लिया जाता है। समय के विचार से मिस्टर वही पर्याप्त समझते हैं। मोती के कान अखबार वाले की पुकार की प्रतीक्षा में गली की ओर थे। उसने दूसरा अखबार ले लिया। पति के हाथ में देकर अनुरोध किया—''देखिये तो!''

अभ्यस्त से भिन्न पत्र में प्रसंग ढूँढ़ने में मिस्टर को समय लगा। उत्सुकता से मोती का कलेजा मुँह को आ रहा था। ''हाँ अच्छा लिखा है।'' मिस्टर ने बताया, तुम्हारे दोनों चित्रों की तारीफ है।'' मिस्टर ने पढ़कर सुनाया और संतोष से बोले, ''ऐसे ही रेपूटेशन बनती है। अच्छा लिखा है···।''

मोती उत्सुकता न रोक सकी। काम छोड़कर स्वयं भी पढ़ा—कला में आधुनिकता के नाम पर अति अमूर्तता के प्रयत्न में रचना को अबूझ बना देने पर कुछ आलोचना थी। ···जो कुछ कला में रुचि रखने वालों

के लिये अबूझ है उनके लिये निरर्थक भी। गुहा के चित्र 'सरपत में टर्राते मेंढक' के लिये एक पंक्ति थी—निस्संदेह एकाकी स्वर का भाव देता है। 'बसेरा' और 'व्यायाम' के लिये पाँच पंक्तियाँ। दोनों में कल्पना से यथार्थ का संवेदन दे सकने की सराहना। स्मृति पर उनकी छाप की सम्भावना। चित्रकार के सामर्थ्य से आशा। दो पंक्तियाँ नारायण के चित्र 'चौंकी हुई हिरनियाँ' की सराहना में भी थीं। मोती का मन बल्लियों उछल रहा था।····गत संध्या भास्कर की बातचीत, व्यवहार आँखों के सामने आ गये—कितना अच्छा लिखा है।

दूसरे दिन रविवार था। संवादों के प्रयोजन से कहीं जाने या दफ्तर का काम न था। निजी लेखन के काम के लिये अधिक एकाग्रता की आवश्यकता थी। संध्या प्रदर्शनी जाने का खिंचाव भास्कर के मन में बना रहा। टैक्सी से हाल के फाटक के भीतर पहुँचते ही सामने दिखायी दी मोती। वह स्कूटर का किराया चुका रही थी। भास्कर टैक्सी को ठहरने का संकेत कर उसकी ओर बढ़ गया। मोती का चेहरा, आँखें उल्लास और कृतज्ञता से चमक उठे। गद्गद स्वर में बोली—''आपने बहुत अच्छा लिखा, धन्यवाद।''

''धन्यवाद का कोई कारण नहीं। अपना विचार ही लिखा है।'' भास्कर ने कहा, ''यहाँ कितनी देर ठहरेंगी?''

मोती ने पलक झपके—''एक चक्कर लगा लें।''

भास्कर उसके साथ हो लिया।

गुहा के चित्र 'सरपत में मेंढक पर क्रीत' पर सोल्ड का चिट लग गया था। मोती यही देखना चाहती थी—कितने, कौन चित्र बिक सके थे। भास्कर ने कॉफी के लिये संगति का अनुरोध किया। पन्द्रह मिनट में दोनों बाहर आ गये। भास्कर की टैक्सी मौजूद थी।

वह मोती को कनाट सर्कस के दूसरे रेस्तोराँ में ले गया। नीची छोटी मेजों के दोनों ओर छोटे सोफा की व्यवस्था। भास्कर मोती के बैठने पर उसके सामने नहीं, सामीप्य के लिये साथ बैठा। पूछा—''क्या लेना चाहेंगी। कॉफी, चाय या कुछ ठंडा····।''

''कुछ भी।'' मोती बोली, ''आपने मेरे लिये इतना अच्छा लिखा····कह नहीं सकती, बहुत आभारी हूँ।'' स्वर कृतज्ञता से गद्गद था।

"आभार कैसा? कह रहा हूँ, अपनी राय ही लिखी है। चित्र मुझे सचमुच अच्छे लगे और तुम उससे ज्यादा·····" भास्कर कह गया और कनखी से दाहिने बैठी मोती की ओर देखा।

मोती का चेहरा ईंगुर हो गया। उसने भी बायीं ओर देखा पर पलकें पूरी न खुल सकीं।

मोती पर अपनी बात के प्रभाव से उत्साहित हो भास्कर ने कहा— "इसीलिये तो दौड़ा आया हूँ।"

मोती का चेहरा आवेग से और भी लाल। सरूर में पलकें झपक गयीं।

"परन्तु अच्छा लगना परस्पर होता है।" मोती से नजर मिलने की प्रतीक्षा कर भास्कर बोला, "ऐसा क्यों?"

मोती ने उत्तर में कनखी से उसकी ओर देखा। पलकें अनुराग के बोझ से पूरी न उठ सकीं, वही स्थिति शायद कंठ की थी। गर्दन अनुमति में झुक गयी। भास्कर की शिराओं में आकर्षक का प्रबल ज्वार।

मोती का आकर्षण भास्कर के अन्तरतम को आलोड़ित कर रहा था। उसके विषय में जानने की प्रबल उत्सुकता। तब तक इतना ही जाना था—गर्ल्स कालेज में चित्रकला की अध्यापक। राजेन्द्र नगर की अमुक गली में रहती है। पूछ लिया—"तुम्हें कैसे सम्बोधन किया जाना चाहिये—"मिस मोती···?"

"मिसेज·····मोती मेरा मायके का नाम है।" मुस्करायी।

मोती किसी की है—भास्कर को अच्छा न लगा। उस कचोट को दबाकर झिझक से बोला—"तुम्हारे लिये ठीक नाम यही जान पड़ता है, यथा गुण तथा नाम।"

मोती अनुराग से मुस्करा दी।

"उसी नाम से पुकार सकने की इजाजत हो सकती है?"

"आपको सब इजाजत है।" स्वर उद्रेक से पिघला हुआ।

"ऐसी ही आशा करूँगा।" उसने बायाँ हाथ बढ़ाया मोती के हाथ की ओर।

मोती सिमिट गयी, हाथ न बढ़ा सकी, परन्तु चेहरे, आँखों और ओठों पर विरोध की स्तब्धता नहीं, स्वागत की किलक और उल्लास।

मोती ने बताया—सात वर्ष पूर्व बी०ए० की परीक्षा के बाद उसका विवाह हो गया था। बी०ए० में उसका विषय चित्रकला भी था। विवाह के पश्चात् आर्ट में एम०ए० भी कर लिया। अपने ही कालेज में काम मिल गया। पति प्रैक्टिस जमा सकने के लिये नौ बरस से एक सीनियर वकील के सहायक के रूप में काम कर रहे हैं। पाँच वर्ष का बेटा है, मसूरी में नाना-नानी के यहाँ। एक अंग्रेजी स्कूल में दाखिल है।

मोती विवाहिता है, एक बच्चे की माँ। बात भास्कर को अच्छी नहीं लगी, परन्तु तेरह मास पूर्व के अनुभव की स्मृति की हल्की कौंध से लगा, शायद अच्छा ही है। उसके मन में गृहस्थ बसाने की उमंग की अपेक्षा उस कल्पना से कुछ आतंक ही था।

"लेकिन जब-तब मुलाकात और हमारी मैत्री तो निभ सकेगी।" उसने स्थिति समझने के लिये पूछा। ऐसी बातें शायद, अपने समाज के संस्कारों की झिझक से बचने के लिये, अंग्रेजी में अधिक सुविधा से हो सकती हैं। मोती ने दृष्टि और गर्दन के संकेत से अनुमति दी। झिझक और संकोच से दबी मोती की संकेतों की भाषा भास्कर को और भी आकर्षक और प्यारी लग रही थी।

भास्कर ने चिन्ता प्रकट की—"प्रदर्शनी तो कल तक है। फिर भेंट का अवसर और उपाय?"

मोती ने आश्वासन दिया—"कल है। परसों दोपहर दो बजे अपने चित्र लेने जाऊँगी। फिर भी अवसर हो सकेगा।"

मोती को राजेन्द्र नगर पहुँचाने के लिये भास्कर ने टैक्सी ले ली। वह साथ बैठी थी पर कुछ सिमिटकर। भास्कर उसकी झिझक के विचार से स्पर्श की उमंग को दबाये रहा। दमन से उसकी उमंग उत्कट और अधिक मार्मिक हो रही थी। मोती की गली के सामने आने पर भास्कर ने मकान देख पाने के अभिप्राय से दरवाजे तक पहुँचा देने की बात की। मोती ने गली के समीप सड़क पर ही उतर जाना उचित समझा—"....लोग यों ही बातें बनाने लगते हैं।"

भास्कर को उसके परिवार, पड़ोस के व्यवहार का कुछ संकेत मिल गया।

मोती टैक्सी से उतरी तो सात बज रहे थे। भास्कर उस संध्या एक राज-दूतावास में सम्मेलन के अवसर पर आमंत्रित था। टैक्सी में

चाणक्यपुरी की ओर चला गया। उस देश से कुछ औद्योगिक प्रतिनिधि राजधानी में आये थे। ऐसी गोष्ठियाँ या सम्मिलन पत्रकारों के लिये उपयोगी और रोचक होते हैं। बातचीत में बहुत कुछ जानने और उपयोगी सम्पर्कों के अवसर, अच्छी तफरीह भी। विदेशी नायाब शराबें, चखने के लिये स्वादिष्ट चीजें। राजदूतावास की सुन्दर-चुस्त युवतियाँ सम्मिलन-स्वागत में भाग लेती हैं। ऐसे अवसर पर आधुनिक लोच-लहजे से बात कर सकने वाली आकर्षक कुछ भारतीय युवतियों को भी संगति की शोभा के लिये आमंत्रित कर लिया जाता है। भास्कर सवा-डेढ़ घण्टे के लगभग सम्मिलन में रहा। काम-काज के परिचय और बातचीत के अतिरिक्त कुछ पिया-खाया। छः-सात विदेशी-देशी युवतियों से हाथ मिलाये। मचलती-इठलाती युवतियों के शरीरों पर नजरें फिसलती रहीं पर टिकी नहीं, मन में बसी रही मोती।

भास्कर दस तक अपने फ्लैट में लौट आया। साधारणतः इतनी जल्दी लौटने पर स्वतन्त्र रूप से कुछ लिख लेने का अवसर रहता है। दिल्ली में ऐसे अनेक साप्ताहिक-पाक्षिक पत्र हैं जो योग्य पत्रकारों का मासिक वेतन देने में असमर्थ हैं। पारिश्रमिक पर अपनी नीति के अनुकूल मसविदा बटोर लेते हैं। भास्कर भी ऐसे दो साप्ताहिकों के लिये मास में दो लेख और एक पत्र के लिये राजनैतिक आर्थिक समस्याओं पर दो बार विद्रूप लिखता है। यह प्रायः ही उसके अपने पत्र की नीति की आलोचना में होते हैं। उसे तीन सौ और बन जाता है। प्रायः से काफी लिख चुका था। कुछ काम शेष था पर मन न हुआ। सोफा पर पसर कर सिगरेट सुलगा ली। दो संध्या मोती की संगति और उससे बातचीत का ब्यौरा मन में घूमने लगा। हाथ मिलाने में मोती की झिझक और टैक्सी में उसके स्पर्श की इच्छा से उत्तेजना फिर जाग उठी। मोती का अनुराग से गुलाबी चेहरा, आँखें और संकोच से झुकी-झुकी पलकों का आमंत्रण, उसे बाँहों में पाने की उमंग से शिरायें स्फुरित होने लगीं।

भास्कर अट्ठाईस की आयु तक अविवाहित है, परन्तु नारी शरीर के संसर्ग की उत्तेजना और तुष्टि से सर्वथा अपरिचित नहीं। कुछ पुराने अनुभवों की स्मृति—नारी का साग्रह समर्पण या लद जाना। शारीरिक उत्तेजना मात्र। तुलना में मन से आकर्षण और अनुराग स्वीकार करके भी मोती की झिझक। आकर्षण केवल शरीर का नहीं, मार्मिक, मन-

मस्तिष्क से उद्भूत.....। कल्पना के भटकाव से नींद न आ सकी। बहुत देर तक सोफा पर ही पड़ा रहा।

× × ×

भास्कर भी अन्य लड़कों की तरह किशोरावस्था—सोलह-सत्रह की आयु से ही लड़कियों-युवतियों में सौन्दर्य और आकर्षण अनुभव करने लगा था। तब उसे लड़कियों का सौन्दर्य उनके चेहरे, आँखों या उनकी कोमलता में जान पड़ता था। सौन्दर्य की वह लालसा केवल बार-बार देख सकने की कामना तक थी। युनीवर्सिटी में पहुँचने तक वह नर-नारी के आकर्षण की स्वाभाविक प्रक्रिया और उसकी परिणति के सम्बन्ध में अनुभव न सही पर जान चुका था। तब नारी सौन्दर्य का आकर्षण उसे आलिंगन में पा सकने और चुम्बन की कल्पना में साकार होने लगा था। नर-नारी का परस्पर आकर्षण, प्रेम समर्पण उसके विचार में उदात्त-पवित्र, रोमांटिक सम्बन्ध था। दो छात्राओं के प्रति खिंचाव और सामीप्य की कामना अनुभव करने पर भी उसका व्यवहार उच्छृंखल न हुआ। नर-नारी के प्रेम और सम्बन्ध के प्रति ऐसी आदर की धारणा के कारण उसे अपने घर के वातावरण से घृणा और विरक्ति हो गयी।

लुधियाना में भास्कर के परिवार का बुने माल (होजरी) का अच्छा जमा हुआ कारोबार है। माँ को उसने सदा ही दयनीय स्थिति में देखा है। पिता-माता में कभी भी परस्पर आदर-प्यार, दुलार का व्यवहार उसने नहीं देखा। पिता किसी भी बात पर बौखला कर माँ को गाली-गलौज से डाँट देते। बहुत बचपन की धुँधली-धुँधली, स्वप्न जैसी याद थी। पिता हुक्के की नली से माँ को पीट देते थे। ऐसे एक अवसर पर माँ ने दुस्साहस से कूँड़ी का सोटा उठा लिया था। लड़की-लड़कों के सियाने हो जाने पर पिता का हाथ झिझक गया, परन्तु जबान उतनी नहीं रुकी थी। उससे बड़ी एक बहिन और एक भाई थे। बच्चों की नजर बचाकर कभी-कभी साथ सो जाने के अतिरिक्त पिता-माता में प्यार, रस-रहस या कोई लक्षण उसने न देखा था। माँ उस अवस्था को नियति मानकर झेले जा रही थी। असन्तुष्ट भी न थी।

भास्कर का भाई उससे सात वर्ष बड़ा था। इण्टर से कालेज छोड़ कारोबार में पिता का हाथ बँटाने लगा था। वह नवीं कक्षा में था तभी भाई का विवाह हो गया। विवाह से पहले भाई के एक जवान पड़ोसिन

और लड़की से गुप्त सम्बन्ध की बात भी भास्कर जानता था। भाभी डेढ़-दो बरस प्रसन्न सन्तुष्ट थी। पति की करतूत जान गयी तो दोनों में बक-झक और रूठना शुरू हो गया। भाभी का मायका शहर में ही है। वह बार-बार मायके जाने लगी। एक दिन को जाती और सप्ताह में लौटती। एक दिन भास्कर ने भाई-भाभी की तकरार सुन ली। भाई कत्ल कर देने की धमकी दे रहा था। उसे पत्नी पर अनाचार का सन्देह हो गया था। भाभी के घर की ड्योढ़ी लांघना निषिद्ध हो गया। यूनीवर्सिटी में अवकाश होने पर भी भास्कर को घर लौटने की ललक न होती।

अर्थशास्त्र में एम०ए० कर लेने पर पत्रकारिता में डिप्लोमा लेने के लिये यूनीवर्सिटी में बना रहा। दिल्ली के दो साप्ताहिकों में शौकिया, निःशुल्क या नाममात्र के पारिश्रमिक पर पंजाब की राजनैतिक गतिविधि और आर्थिक-औद्योगिक विकास के प्रयत्नों के सम्बन्ध में विवरण भेजता रहता। लुधियाना से दूर रहने की इच्छा का एक कारण यह भी था कि पिता और भाई उसे गृहस्थ बना देने की चिन्ता करने लगे थे। जब भी घर जाता, अच्छे घरानों से आये प्रस्तावों की चर्चा शुरू हो जाती। बताया जाता—लड़की सुन्दर, स्वस्थ है। इण्टर कर चुकी है या बी०ए०, बी०एड० कर रही है। खास बात होती—लड़की का परिवार क्या-कितना दहेज देने की स्थिति में है। भास्कर कल्पना करता था स्वतः स्फुरित आकर्षण से प्रेयसी की, गृहस्थ बाँधने के लिये पत्नी की नहीं। पिता और भाई के दाम्पत्य जीवन के उदाहरण सामने थे। गले बाँध दी गयी अनजानी लड़की से प्रेम की कल्पना उसे उपासास्पद लगती और दहेज के आधार पर प्रेयसी के चुनाव की बात से ग्लानि।

भास्कर आत्मनिर्भरता के लिये जीविका की चिन्ता में था। अभी अनिश्चय था कि अर्थनीति में अनुसन्धान का काम अपनाये या पत्रकारिता के क्षेत्र में। एक सरकारी वृत्ति के लिये आवेदन के उत्तर में उसे इण्टरव्यू के लिये शिमला बुलाया गया था।

शिमला में भास्कर अपने छोटे मामा के यहाँ ठहरा था। मामी उससे तीन-चार वर्ष बड़ी है। पहले ही दिन भांजे के प्रति अति वत्सल हो गयी। संध्या दूध का गिलास दिया तो मलाई से भरकर। मामा ने उसे घर के नाम से भासू पुकारा था। मामी बार-बार पूछती—भासू क्या खायेगा? उसे लगता, लड़का बहुत कम खा रहा था। थाली से हाथ

खींच लेने पर दो ग्रास भांजे के मुँह में अपने हाथ से दे देना चाहती थी—"ननद कहेंगी, मेरे बेटे को भूखा रखा।" मामी की आँखें तरल हो जातीं। अपनी आयु में भास्कर को ऐसे वात्सल्य से संकोच अनुभव होता, परन्तु मामा से अधिक अच्छी मामी लगी।

मामा का कद और नख-शिख अच्छे, पोशाक से चुस्त, परन्तु चेहरा कुछ रूखा और लटका हुआ सा। बोलचाल में संक्षिप्त। बात कह चुकने के बाद भी होंठ काफी देर खुले रह जाते। मामी का चेहरा साधारण, परन्तु जवानी की दमक, सलोना, प्यारा। आँखें स्नेह भरी। बातचीत के लिये आतुर। कद मंझला। शरीर बुरा नहीं पर कुछ भारी। घर में साधारण ओढ़े-पहने रहने पर आकर्षक नहीं।

भास्कर इण्टरव्यू की तारीख से दो दिन पूर्व शिमला पहुँच गया था। पहाड़ की सैर के प्रयोजन से शिमला में महीना भर ठहरने का विचार था। कुछ पुस्तकें और उपन्यास साथ ले गया था। पहाड़ में अगस्त की बारिशें। भास्कर को इण्टरव्यू के लिये बरसते में जाना पड़ा था। सुबह से झड़ी लगी थी। मामा पहले ही अपना बरसाती कोट और छतरी लेकर सर्वे दफ्तर चले गये थे। भास्कर बरसाती कोट या छतरी साथ नहीं ले गया था। मामी पड़ोस से उसके लिये बरसाती कोट माँग लायी। वह आइने के सामने टाई ठीक कर रहा था। मामी ने स्वयं बढ़कर टाई चुस्त कर दी। उसकी पीठ थपथपा दी—"घबराना नहीं।....अधिक बरसने लगे तो रिक्शा कर लेना। भीगना नहीं।"

दूसरे दिन बादल आते-जाते रहे। छींटे आये और निकल गये। भास्कर सुबह खाने के बाद दस बजे सैर के चाव में निकल गया। संजोली, भासू कई जगह घूमकर चार बजे के बाद लौटा तो पसीने में भीगा हुआ था। मामी ने स्नेह-चिन्ता से घूर कर उपालम्भ दिया—"सर का ऐसा क्या पागलपन। क्या हाल हो गया है पसीने से।" तुरन्त पड़ोस की दुकान से गरम जलेबी मंगवायी। दूध-मलाई के साथ कटोरा भरकर दी। मामी के बोल और नजरें उससे भी मीठे और पोषक।

अगले दिन फिर सूर्योदय पूर्व से झड़ी। सर्वे दफ्तर घर से दूर था। मामा खाकर साढ़े नौ तक चले जाते थे। संध्या साढ़े पाँच के बाद लौटते। बेबी भी साढ़े नौ तक स्कूल चली जाती थी और चार तक लौटती। भास्कर ने मामा के साथ ही खाना खा लिया था। पहाड़ की

ठण्ड और वर्षा में दोपहर में भी कम्बल-लिहाफ लेकर नींद लेना बहुत सुखद होता है। भास्कर पलंग के सिरहाने खिड़की के काँच से आती रोशनी में कुछ देर उपन्यास पढ़ता रहा। फिर नींद आ गयी।

मामी घर का काम-काज साढ़े ग्यारह-बारह तक समेट लेती थी। तब कंघी-चोटी कर कपड़े बदलती। पति और बेटी के लिये थर्मस में गरम दूध और कुछ मठरी-वठरी नौकर के हाथ भेज देती। फिर बुनाई-कढ़ाई से या पड़ोस से माँगी कहानी-पत्रिका या उपन्यास पढ़कर दिल बहलाती। कभी घण्टे भर की झपकी ले लेती या घर के दरवाजे पर ताला दे पड़ोसिनों से गप्प लगा लेती।

भास्कर की नींद टूटी तो झड़ी जारी थी। वह फिर उपन्यास पढ़ने लगा। मामी नौकर के हाथ दूध-नाश्ता भेजकर सलाइयों पर बुनाई चढ़ाये ऊपर के कमरे में आ गयी—"पढ़ रहा है। कितना पढ़ेगा? कुछ लुधियाने के हाल-चला सुना।" मामी पाँव फर्श पर रखे उसके पलंग की पटिया पर बैठ, बुनाई पर नजर लगाये बात करने लगी। भास्कर मामी को जगह देने के लिये कुछ परे सरक गया था। पुस्तक सिरहाने रख बात में सहयोग देने लगा। मामी को शायद पिंडलियों में ठण्ड मालूम हुई। पाँव उठाकर पलंग पर घुटने मोड़ लिये। भास्कर ने सरककर और जगह दे दी। मामी सुविधा से हो गयी। फिर सर्दी के कारण घुटने लिहाफ में कर लिये। नजर बुनायी पर लगाये कोई प्रसंग सुना रही थी। भास्कर हुँकारा भरे जा रहा था।

भास्कर का ध्यान बँट गया या मामी को हुँकारा सुनायी नहीं दिया। उसने लिहाफ में हाथ डाल लड़के की जाँघ पर कोंचा—"अरे, सो गया!"

भास्कर को इस प्रकार नारी द्वारा स्पर्श का अभ्यास-अनुभव न था। चौबीस की आयु, शरीर झनझना कर चेहरा लाल हो गया—"नहीं तो।"

"झूठा!" मामी उसकी झेंप पर मुस्करायी, "तो फिर ऐसे क्यों चौंका?"

"नहीं तो, सुन रहा था।"

"सो गया था, मैंने नींद खराब कर दी।" मामी मुस्कराकर उसके शरीर को सहलाने लगी।

संकोच और अनुचित की झिझक के बावजूद भास्कर का रक्त उफनकर शरीर तन गया। मामी और मुस्करायी। झुककर उसका मुँह चूम लिया। सलाइयाँ पलंग के नीचे डाल दीं और उसके साथ लिहाफ में हो गयी। उत्तेजना के आवेश में अनाड़ी जवान से खेलने लगी—''पागल, कोई लड़की नहीं मिली?'' उसे सिखाने लगी।

मामी के चले जाने पर भास्कर ने तुष्टि का अनजाना सन्तोष और राहत अनुभव की, परन्तु मस्तिष्क ने अनुचित और अपराध का बोझ भी।

झड़ी चार दिन लगी रही। दूसरे दिन दोपहर भी वही खेल। भास्कर ने उत्तेजना का उन्मेष; तुष्टि और मानसिक कसक भी अनुभव की।

तीसरे दिन वह अनुचित की दुविधा में बारह बजे बरसते में ही घूमने जाने के लिये कपड़े पहनने लगा। मामी ने देखा तो आकर बाँह पकड़ ली—''ऐसी क्या सनक? भीगकर ठण्ड लग गयी तो!''

''बाजार में बरसाती खरीद लूँगा।'' भास्कर झिझका।

''पर ऐसा पागलपन क्या? घर काटता है?'' मामी के स्वर, नजर और स्पर्श से भास्कर का निश्चय डिग गया। मामी उसे कमरे में लौटा ले गयी। लिपटकर बोली, ''यह सैर बुरी है?''

चौथे दिन भी बरस रहा था, परन्तु रविवार के कारण मामा घर पर थे। सोम-मंगल आकाश खुला रहा। भास्कर दोपहर भर घूम सका। बुध भी वर्षा नहीं थी। मामी सन्देश पाकर नीचे बाजार के मुहल्ले में चली गयी थी। वृहस्पति को दोपहर में फिर बरस रहा था। मामी नौकर के हाथ दूध-नाश्ता भेजकर भास्कर के कमरे में पहुँच गयी।

संध्या बादल छँट गये। भास्कर घूमने के लिये माल रोड पर निकल गया। सैलानियों की भीड़ थी। मर्द और नौजवान चुस्त पोशाकों में। जवान लड़कियाँ और युवतियाँ उनसे चुस्त, अवयवों की आकृति पर चिपकी पोशाकों में। भास्कर की नजरें जिस जवान लड़की या युवती पर पड़तीं, कल्पना में उसका निरावरण शरीर रति व्यस्त मुद्राओं में साकार हो उठता।····प्रत्यक्ष में ढँकी-कसी, लिपी-पुली भीतर सब वैसी ही हैं, ढँकी होने से आकर्षक। वही सब करने वाले, प्रेम या सम्बन्ध के नाम पर।

दोपहर में भास्कर विचित्र दुविधा में पड़ जाता। मामी के सामीप्य और स्पर्श से अदम्य उत्तेजना। बाद में अनुचित का पछतावा। अन्य की वासना तुष्टि का साधन बनने की ग्लानि। मामी का मन आ जाने के लिये दोपहर में वर्षा जरूरी न थी। इस दुविधा में नित्य दोपहर सड़कों पर निकल पड़ना भी प्रिय न था। भय अथवा आशंका से भागते फिरने का तिरस्कार। अकेले होने पर मामी के शरीर के स्पर्श और उग्र कामुक प्रयत्नों की याद से अरुचि।....यह कैसा दलदल है। मेरा उसका क्या जोड़! स्वयं न चाहकर भी खिंच जाने, रुक न सकने पर चिढ़ और क्षोभ। सत्रह दिन में आठ बार उत्तेजना की विवशता और पछतावे में आत्मतिरस्कार अनुभव कर भास्कर के लिये शिमला में और ठहरना असह्य हो गया।

भास्कर ने मामा को बताया, दिल्ली से पत्र आया है। अच्छी नौकरी की सम्भावना है। इण्टरव्यू के लिये तुरन्त पहुँचना आवश्यक है। मामा ने व्यावहारिक बुद्धि से अनुमति दे दी। मामी माँजे के सहसा लौट जाने के विचार से कातर थी। अवकाश में फिर आने के अनुरोध के अतिरिक्त और क्या कर सकती थी।

× × ×

भास्कर को केन्द्रीय सरकार के प्रकाशन विभाग में अस्थायी नौकरी मिल गयी। जर्नलिस्ट के नाम पर क्लर्की, निर्दिष्ट मशीनी काम, अधिकतर निठल्लापन, अपनी क्षमता और सूझ के उपयोग के अवसर का अभाव। चार मास में उस नौकरी से ऊब अनुभव होने लगी। दिन भर के नीरस निठल्लेपन के बाद संध्या बेकारी और अकेलापन बोझ हो जाता। दिल्ली में उसके यूनीवर्सिटी और छात्र आन्दोलन की राजनीति के नाते परिचित कुछ व्यक्ति थे।

यूनीवर्सिटी में भास्कर की सहानुभूति स्टूडेंट फेडरेशन के प्रति थी। वह बी०ए० प्रथम वर्ष में था तो यूनियन के प्रधान पद के लिये बोधसिंह हारू ने चुनाव लड़ा था। हारू एम०ए० के बाद भी विद्यार्थी आन्दोलन में भाग ले सकने के लिये कानून पढ़ रहा था। विचारों से उग्र कम्युनिस्ट बहुत उदार और साहसी। मैट्रिक से फर्स्ट डिवीजन। विद्यार्थियों में उसका आदर था। प्राध्यापक भी उसे मानते थे। उस समय पंजाब में प्रदेश की राजभाषा और सिख सूबे के प्रश्न पर हिन्दू-सिखों में विकट तनानती थी।

तब हारू के सिर पर केश थे और दाढ़ी भी; पार्टी के अनुशासन के कारण। हारू ने घोषणा कर दी थी—हारे या जीते, साम्प्रदायिक आधार पर सहायता समर्थन नहीं चाहता था। हारू जीत गया था। भास्कर भी हारू का आदर-विश्वास करता था, उसके समर्थकों में था।

हारू पंजाबी सूबे का समर्थक न था। इस प्रश्न पर कम्युनिस्ट पार्टी की नीति से मतभेद के कारण पार्टी से अलग हो गया। दिल्ली आकर उसने केश-दाढ़ी से भी मुक्ति ले ली। अपने विचारों के कारण सीमित साधनों से आरम्भ किये गये एक मध्यम मार्गी वामपक्षी दैनिक पत्र में काम कर रहा था। हारू से परिचय, वैचारिक सहानुभूति और संध्या के अकेलेपन की ऊब से बचने के लिये भास्कर दफ्तर के बाद संध्या पत्र के दफ्तर में जाने लगा। पत्रकारिता का व्यावहारिक अनुभव पा सकने की भी इच्छा थी। पत्र में काम करने वाले दूसरे युवकों से भी परिचय हो गया। संगति उसे अच्छी लगी। कुछ दिन में भास्कर पारिश्रमिक की चिन्ता न कर नियमित रूप से संध्या सात से दस-ग्यारह तक पत्र के काम में सहयोग देने लगा। सरकारी प्रकाशन के दफ्तर में काम ऐसा-वैसा ही था। कुछ साथी निठल्ले गपबाजी में समय काट देते। कुछ थोड़ी-बहुत आमदनी की आशा से अन्य प्रकाशकों के लिये अनुवाद या संकलन के काम करते रहते। भास्कर सहानुभूति में पत्र के लिये कुछ कर लेता। आरम्भ में पत्र कम ही व्यक्तियों को वेतन दे सकता था। भास्कर सात मास पत्र को सहानुभूति में बिना कुछ पाये सहायता देता रहा।

दो वर्ष के संघर्ष से पत्र को कुछ समर्थ सूत्रों और विदेशी राजदूतावासों का सहयोग-सहायता और विज्ञापन भी मिलने लगे। पत्र के पाँव जम गये। हारू को भास्कर पर भरोसा था और मुख्य सम्पादक भी उसके सामर्थ्य और उपयोगिता से परिचित हो गया था। भास्कर को पत्र में पूरे समय के लिये सपारिश्रमिक काम का अवसर मिल गया। उसने अपने भावी क्षेत्र के विचार से इसे सरकारी नौकरी से बेहतर समझा।

तब भी पत्र की आय और क्षेत्र सीमित होने से पत्र का सम्पादकीय विभाग बड़े-बड़े पत्रों की तरह पर्याप्त न था। सब काम सात-आठ व्यक्तियों में ही बँटा था। अपने सहकर्मियों में भास्कर की घनिष्ठता हारू से भी अधिक हो गयी महेश शुक्ल से। शुक्ल छः-सात वर्ष से पत्रकार था। वैचारिक सहानुभूति के कारण कम वेतन पर भी लखनऊ से आकर

पत्र को सहयोग दे रहा था। भास्कर का ध्यान बदर की ओर भी जाता। सम्पादकीय विभाग में वही एक लड़की या युवती थी। भास्कर से दो मास पूर्व पत्र में आ गयी थी। सुना था, लखनऊ के पुराने मौलवी खान्दान की बेटी है। पोलिटिकल साइंस में एम०ए०। कुछ समय पूर्व तक कम्युनिस्ट पार्टी की उत्साही कार्यकत्री। महेश शुक्ल स्वयं लखनऊ यूनिवर्सिटी में था। बाद में वहाँ ही चार बरस एक दैनिक पत्र में रहा। बदर के इतिहास से परिचित।

पत्र के दफ्तर में संक्षेप और सुविधा के लिये सहकर्मी परस्पर पैत्रिक नाम या आधे नाम ही पुकारते थे। बदरुन्निसा के लिए बदर ही चलता। बदर का कद अच्छा था। औसत कद के मर्द के कान तक, परन्तु बहुत-दुबली। जैसे छोटे कद की लड़की को सवा पाँच फुट×सवा फुट×आठ इंच के साँचे में दबाकर खींच दिया गया हो। सामने बस इतना ही कि लड़की होने का भास हो जाये। पीछे कमर के नीचे भी वैसे ही। पीलेपन पर गोरा चेहरा। तिकोना तंग माथा। बेमालूम पतली भूरी भौंवें। आँखों के नीचे गालों की हड्डियाँ उभरी हुईं। नाक पतली लम्बी। झुके हुए माथे और गालों की उठी हुई हड्डियों के बीच आँखें लम्बी खजूर की गुठली जैसी या जैसे छुरी से किसी फल में दो चाक काट दिये गये हों। पुतलियों के तारे चमकते दाने। मुख छोटा, सीधी लकीर सा। मिचे-मिचे ओठ। अनुमान होता था, सोलहवीं-सत्रहवीं सदी में इस देश में आये किसी कज्जाक या किरगिज कबीले का रक्तांश उछल आया हो। ऐसी आकृति, परन्तु नारीत्व का चुम्बक प्रभाव भी। शरीर जैसा दुबला, पत्र के काम में वैसी कमजोर न थी। कद्रेबहसी, पुरमजाक चुलबुलापन भी। सहकर्मियों को पार्टनर सम्बोधन करती। भास्कर के सामने एक मेज पर बैठती थी।

शिमला में अनचाही संगति से भास्कर ने नारी के आकर्षण के प्रति जो विडम्बना और ग्लानि अनुभव की थी, वह मनःस्थिति चार-पाँच मास से अधिक न रही। उसकी नजरें फिर लड़कियों-युवतियों की ओर उठने लगीं और उनकी कामनीयता से आकर्षण; अपने काम में गहरी रुचि, उसमें सफलता की लगन से स्वयं समेटी अतिव्यस्तता में ऐसी व्याकुलता के अवसर न आते, परन्तु कभी सड़क-बाजार या रेस्तोराँ में, खासकर पार्टियों-गोष्ठियों में मन खींच लेने वाली सूरतें नजर आ ही जातीं। अब

नारी के प्रति उसका भाव उतना अमूर्त, रोमांटिक, कल्पनालोक की प्रेम प्रतिमा, आराध्य देवी के प्रति निष्काम स्मरण और समर्पण का नहीं रहा था। नये वातावरण और संगति के प्रभाव से उसका दृष्टिकोण व्यावहारिक-मांसल, पारस्परिक मानसिक-शारीरिक सामीप्य से तुष्टि की इच्छा का हो गया था। शिमले की घटना लगभग दो बरस पुरानी हो गयी थी।

बदर आरम्भ में भास्कर को विश्री, उचाटक लगी। तीन-चार मास में बदर के नश-शिख की विचित्रता की खटक जाती रही। आखिर थी तो युवती, सुशिक्षिता, सजग, बातचीत में चुस्त। भास्कर को उसकी उपस्थिति-अनुपस्थिति अनुभव होने लगी। अव-चेतन में उससे निकट परिचय सामीप्य और सौजन्य के अवसर की इच्छा। बोलचाल और बेलाग मजाक बदर सबसे कर लेती थी, परन्तु झुकाव उसका हारू की ओर छिपा न था। चाहे सीनियर होने के नाते आदर के कारण हो।

उस मास संध्या की ड्यूटी में भास्कर और शुक्ल थे। भास्कर को गवर्नमेंट गजट देखने की जरूरत हुई। शुक्ल से पूछा—''दादा, तुम्हारी मेज पर तो नहीं।''

''वो देखो, बंदरिया की मेज पर।'' शुक्ल ने हाथ में थमे सिगरेट से संकेत किया।

''च च!'' भास्कर मुस्कराया, ''बेचारी को बंदरिया कहते हो।''

''तुम्हें क्यों खला?····बहुत हसीना लगती है?'' शुक्ल मजाक में मुस्कान रोके रहता है।

''आखिर है तो लड़की, क्वाइट इंटेलीजेंट।''

''हूँ!'' शुक्ल ने भास्कर की ओर देखा, ''इंटेलीजेंस के लिये तुम्हारी सराहना हम देख रहे हैं। पार्टनर पुकारती है इसी से रीझ गये। यू आर वर्क पार्टनर, नाट प्लेजर पार्टनर। गलतफहमी में न रहो। ये तुम जैसों को घास नहीं डालेगी।''

''यार बहुत रहस्य जानते हो।'' भास्कर झेंप छिपाने के लिये हँसा।

''मिस्टर, तुम देखकर भी न देखो तो क्या करें।'' शुक्ल बोला, ''तुम अपने को यंग-हैंडसम भले ही समझो, तुम्हारे लिये चांस नहीं। अभी वह 'हारूउल रशीद' (हारू) को चुग्गा दे रही है। मौका लगेगा तो चीफ को चारा डालेगी।''

"दादा, उसकी जन्मपत्री देखी है," भास्कर ने मुस्कान से भौंवें उठायीं, "या तुम्हारी सलाह से चलती है?"

"मिस्टर, जन्मपत्री नहीं, खुद उसे देखा-जाना है, लखनऊ-कानपुर से।" शुक्ल ने कलम रख दी, "इस साली को किसी की सलाह की जरूरत नहीं। पट्ठे, तुम्हें आगाह कर दिया। काँटों में उलझना बेकार है। यह बेर तुम्हारे भाग के नहीं।"

"दादा, आखिर कुछ बताओ तो!" भास्कर ने उत्सुकता प्रकट की? कोहनी मेज पर टिका हथेली पर कनपटी टिका ली।

"चाहते हो?" शुक्ल ने पीठ सीधी कर दोनों बाँहें उठाकर अँगड़ाई ली। दो घंटे से एक साँस में जुटा हुआ था। स्टूल पर बैठे चपरासी की ओर देखा, "जगन ठाकुर, यह मैटर मशीन पर दे दो और दो प्याले कॉफी···।"

शुक्ल ने कुर्सी पर भास्कर की ओर करवट ले ली—"सुनो, मिस्टर लखनऊ यूनिवर्सिटी में यह फेडरेशन की हीरोइन थी। वाज गुड स्टूडेंट। सभा-मजमे में खूब बोलती है। विद्यार्थी आन्दोलन में सैकड़ों लड़कों में आठ-दस लड़कियाँ। हरेक लड़की के दस-बीस नाजबरदार। इसका चौखटा (चेहरा-आकृति) जो है, देख ही रहे हो पर इसके नाजअन्दाज का करिश्मा! इसके दीवाने सबसे ज्यादा। यह बहला सबको दे पर लगाव फेडरेशन-यूनियन के प्रेसीडेंट-सेक्रेटरी से। खुद हीरोइन और हीरो वर्शिपर। लीडर के साथ सोने का स्वप्न।

"एम०ए० के बाद पार्टी की होल टाइमर (पूरा समय देने वाली) बन गयी। रात कभी पार्टी दफ्तर में, कभी किसी कामरेड या सहेली के यहाँ काटी। घर-बिरादरी का पुचकारना-समझाना, धमकी सब बेकार। आखिर परिवार ने लाचारी में डिसओन (नाता तोड़) कर दिया।

"१९६२ के चुनाव में पार्टी की ओर से मजदूरों में काम करने कानपुर गयी। वहाँ हीरो मिल गया। मजदूर लीडर अवस्थी—जिसने कांग्रेस उम्मीदवार को हराया था—पर रीझ गयी। सिविल मैरेज कर ली। अवस्थी विधान सभा की बैठक के समय लखनऊ रहता तो ये भी साथ जाती। वहाँ प्रान्तीय सेक्रेटरी से रब्त-जब्त बढ़ गया। चोटी के मजदूर लीडर से प्रान्तीय सेक्रेटरी बहुत बड़ी हस्ती, बड़ा लीडर, बड़ा हीरो। अवस्थी विधान सभा में जाये और ये प्रान्तीय सेक्रेटरी के यहाँ। उसके

लिये मुगलई खाने बना रही हैं। एक साँझ वर्षा के कारण रात भर पार्टी सेक्रेटरी के यहाँ ही रह गयी।

"अवस्थी कैसा भी प्रोग्रेसिव या कामरेड हो, आखिर तो मर्द, फिर हिन्दुस्तानी। झगड़ा हो गया। अवस्थी ने हाथ चला दिया। यह भला क्या दबती। जिसने कट्टर परिवार और खूँखार बिरादरी की कत्ल की धमकियों की परवाह न की, उस बाम्हन से क्या दबती। इसने अवस्थी के साथ रहने से इनकार कर दिया। दूसरे कामरेड पार्टी की बदनामी से परेशान। पार्टी ने डिसीप्लनरी एक्शन लिया। प्रान्तीय सेक्रेटरी एक पैंतरेबाज। उसने पार्टी मीटिंग में घटना के लिये खेद प्रकट कर हलफिया बयान दिया—मुझसे इतनी गफलत जरूर हुई कि बदर को बारिश और अँधेरे में भी घर लौट जाने को मजबूर नहीं किया या उसके घर पर नहीं पहुँचा दिया। इसके अलावा सब तोहमत और शक खयाली हैं। कमरे की दीवारें ही गवाही दे सकती हैं। वे बेजुबान हैं।····" उसकी आँखें परिताप से छलक आयीं। भविष्य में बदर से वैयक्तिक मेलजोल न रखने का भी आश्वासन दे दिया। यह अड़ गयी—अपने वैयक्तिक मामलों में किसी का हस्तक्षेप बर्दाश्त नहीं करेगी। इसका पार्टी-कार्ड कैंसल कर दिया गया। यह दिल्ली आ गयी।

भास्कर कुछ दिन पूर्व बदर के विषय में हारू से भी, इतने ब्योरे से नहीं, कुछ सुन चुका था। वह हारू से कुछ सलाह के लिये उसके कैबिन में गया था। हारू ने उसे बदर की लिखी टिप्पणी पढ़ने को दी। बदर मजदूर, विद्यार्थी और नारी जगत की समस्याओं पर लिखती थी।

"ब्रिल्लिएंट, है न?" हारू ने सराहना से पूछा। टिप्पणी वास्तव में बहुत अच्छी थी। सराहना के लिये 'ब्रिल्लिएंट' हारू का तकिया कलाम था।

भास्कर ने भी टिप्पणी की सराहना की। हारू बदर के प्रति सहानुभूति से बात करने लगा। हारू के विचार में बदर कुशाग्र बुद्धि, रूढ़िमुक्ति, स्वतंत्र विचार दमन से संघर्ष के लिये उद्यत और साहसी थी। अपने विचारों में निष्ठा के कारण सम्मानित-सम्पन्न परिवार को छोड़ देने या लोक निन्दा से नहीं डरी। लखनऊ के कामरेडों ने बेचारी के साथ संकीर्ण मनोवृत्ति, बर्बरता का व्यवहार और अन्याय किया····"उसे अपने व्यक्तित्व का दमन सह्य नहीं।"

भास्कर को शुक्ल की बात में बदर के प्रति विरोध भावना अनुभव हुई, मुस्कराया—"बदर ने गलत नहीं कहा दादा! मामला तो बिलकुल उसकी रुचि, भावना और सन्तोष का था।"

"बिलकुल वैयक्तिक कैसे?" शुक्ल के माथे पर तेवर बन गये, "उसके व्यवहार का अवस्थी और पार्टी सेक्रेटरी से सम्पर्क था या नहीं? उसकी उच्छृंखलता से पार्टी ने परेशानी अनुभव की या नहीं?"

"यह रूढ़िगत असहिष्णुता है!" भास्कर उपेक्षा के भाव से हँसा, "यह उसकी पसन्द और सन्तोष का प्रश्न था। अवस्थी हो या सेक्रेटरी। वह अवस्थी की बकरी तो नहीं थी। पार्टी के ईर्षालु साथी सेक्रेटरी पर उसके झुकाव से जल मरे। भय या मजबूरी से शरीर दिया जा सकता है, प्रेम नहीं। प्रेम आकर्षण की सचाई उसके स्वतः और स्वतन्त्र होने में है।

"मिस्टर, स्वतः स्वतन्त्र प्रेम चाहे जिससे लिपट जाना है।" शुक्ल के तेवर गहरे हो गये।

"कैसे कोई किसी के बिस्तर में घुस जायेगा या कोई घुसने देगा!" भास्कर ने भी भौंवें उठायीं, "यह तो पारस्परिक गहरे अदम्य आकर्षण से हो सकता है।"

"जैसे अदम्य दबाव से सण्डास की ओर दौड़ना?" शुक्ल झुँझलाया।

"च्च!" भास्कर ने घिन से सिर हिलाया, "क्या चिरकी उपमा दी है, दादा। नारी में पारस्परिक प्रेम-आकर्षण आंतड़ियों की दबाव या केवल शारीरिक हाजत नहीं होती। वह स्थिति होती है कानूनन अटूट विवाह सम्बन्ध में। पसन्द से प्रेम-आकर्षण मुख्यतः मानसिक या भावनात्मक उद्वेग से होता है।"

"हूँ," शुक्ल मुस्कराया, "मिस्टर, नर-नारी का प्रेम आकर्षण केवल शारीरिक हाजत नहीं, मानस और भावना का आवेग और तुष्टि भी तो उसे विचार संगत भी होना चाहिये। जिससे प्रेम-आकर्षण हो उसकी भावना की चिन्ता और आदर; परिणाम का विचार भी। मिस्टर, तुमने काम खत्म कर लिया तो दफा हो जाओ। यहाँ अभी बहुत पड़ा है।" उसने नजर मेज पर झुका ली।

भास्कर जानता था, शुक्ल विचार और आदर्श से रूढ़िवादी नहीं बल्कि विश्वास की अपेक्षा तर्क, उदार विचारों और व्यवस्था में व्यापक

परिवर्तन का समर्थक है, परन्तु व्यवहार में परम्परागत संयम चाहता है। इसका कारण भी जानता था। शुक्ल उत्तर प्रदेश के देहात से है। मैट्रिक में पढ़ते समय ही, साधारण प्रथा के अनुसार विवाह हो गया। बस्ती जिले से मैट्रिक करके लखनऊ कालेज में गया। तब गौना भी हो गया था। बी०ए० में जब आधुनिक और प्रगतिशील विचारों के सम्पर्क में आया, एक बेटी थी। पत्नी कस्बे की लड़की, वर्नाक्यूलर मिडिल तक पढ़ी। इकत्तीस की आयु तक चार बच्चों का पिता। सीमित आमदनी। दिल्ली के खर्चे। सबसे सब जिम्मेदारियों को निबाह रहा था। उसकी दृष्टि से सब प्रकार का संयम आवश्यक गुण था। उसे नर-नारी के पारस्परिक सम्बन्धों में स्वच्छन्द उन्मुक्तता अशोभन उच्छृंखलता लगे, बदर के प्रति सहानुभूति न हो सके तो क्या विस्मय। इस विषय में भास्कर को हारू का मत ही अधिक मानवीय और न्याय लगा।

बदर के विषय में इतना जान लेने पर भास्कर को वह उतनी विश्री-विकर्षक न लगती जैसी आरम्भिक साक्षात्कार में लगी थी। उसके सुसंस्कृत होने और चेहरे पर सजग आत्मविश्वास की आभा में क्या सन्देह था। उससे बातचीत के अवसर की चाह बढ़ने लगी। शुक्ल के कटाक्षों के बावजूद बदर के प्रति भास्कर का ध्यान और विनय प्रकट होने लगे। बदर की उपस्थिति में कॉफी मँगवाता तो उससे भी पूछता। बदर सिगरेट पी लेती थी। भास्कर सिगरेट पेश करने का अवसर न चूकता। बदर स्वीकार कर लेती, परन्तु बहुत बेलाग धन्यवाद से। भास्कर को रूखी औपचारिकता से कचोट सी अनुभव हो जाती, परन्तु मन बदर की ओर झुका जा रहा था।

हारू उपसम्पादक था। उसकी मेज एक कोने में पार्टीशन के पीछे थी। भास्कर साढ़े ग्यारह के करीब दफ्तर आया तो अपनी जगह जाने से पहले कुछ पूछने के लिये सीधा हारू की ओर चला गया। हारू के सामने बदर बैठी थी। मेज पर कोहनियाँ टिकाकर झुकी हुई। आत्मीयता से रहस्य वार्ता का ढंग। चेहरे पर किलक की दमक। हारू के चेहरे पर भी तन्मयता की मुस्कान। भास्कर के सहसा आ जाने से बदर सकपका कर कुर्सी पर सीधी गम्भीर हो गयी। अचानक पहुँच जाने से झेंप भास्कर ने भी अनुभव की, परन्तु ऐसे बोला कि बदर की ओर नजर न गयी हो।

"भ्राजा जी (भैया), जरा····।" भास्कर तीन-चार वाक्यों से पंजाबी में हारू से बात कर हट गया। हारू से चण्डीगढ़ का भाईचारा बनाये रखने के लिये भास्कर उसे 'भ्राजी' (भैया जी) सम्बोधन करता था। बात भी प्रायः पंजाबी में।

भास्कर के मन में दिन भर कलख बनी रही—हारू से रहस्य की फुसफुस और हमसे बेरुखी। शुक्ल ठीक कहता है। भाड़ में जाये साली बंदरिया····।

उस सप्ताह संध्या लेट ड्यूटी में भास्कर और बदर थे। बदर वर्किंग वीमेन्स होस्टल में रहती थी। वह अपना काम दस-सवा दस तक निबटा देती और साढ़े दस की अन्तिम बस से चली जाती। बस स्टाप दफ्तर से सौ-सवा सौ गज पर था। यों ग्यारह-बारह तक रुकना आवश्यक होने पर दफ्तर की कार ड्यूटी करने वालों को घर पहुँचा सकती थी, परन्तु बदर होस्टल के नियम के खयाल से जल्दी जाना ही बेहतर समझती। थोड़ा बहुत काम रह जाता तो ड्यूटी के सहकर्मी से उसे पूरा कर देने का अनुरोध कर जाती, विनय और आत्मीयता की मुस्कान से। इतना लिहाज वह युवती होने के नाते अपना अधिकार समझती थी। नारी की स्थिति से उसे लिहाज या विशेषाधिकार का तकाजा तो था, परन्तु कोई सीमा या असामर्थ्य अस्वीकार। पिछले दोनों दिन वह अन्तिम मैटर भास्कर को सौंपकर चली जाती गयी थी।

भास्कर और बदर अपनी-अपनी मेजों पर मौन काम कर रहे थे। दस बजकर दस मिनट हो गये। भास्कर ने कनखी से देखा—बदर का काम अभी पूरा न हुआ था। सोचा, अब कहेगी—पार्टनर, इफ यू डोण्ट माइंड····। अपने कागज पेपरवेट से दबाकर उठ गया। जगन चपरासी को सम्बोधन कर हारू के पार्टीशन की ओर संकेत किया—"साहब बुलायें तो कह देना, अभी आते हैं।" हारू लंच के समय चला जाता था, परन्तु साँझ छः-सात बजे जरूर दफ्तर आ जाता। अपनी जिम्मेवारी के खयाल से साढ़े बारह-एक तक रोटरी चलने से पहले मैटर देखकर दफ्तर की कार में घर लौटता।

भास्कर ने कैन्टीन में कॉफी लेकर सिगरेट सुलगा ली। पच्चीस मिनट बैठा रहा—हम क्यों साली बंदरिया की बेगार करें! अब बैठी होगी या उसका यार हारू करे····।

भास्कर साढ़े दस के बाद कैन्टीन से लौटा। बदर जा चुकी थी। जगन बोला—''बदर बीबी आपकी मेज पर कागज रख गयी हैं। कह गयीं, आप देख लेंगे।''

भास्कर खीझा और पार्टीशन की ओर संकेत किया—''साहब?''

''बीबी को बस तक छोड़ने गये होंगे।'' जगन का उत्तर सुन भास्कर ने होंठ काट लिये।

बदर रात की ड्यूटी से लौटने से पहले हारू के कैबिन में गुड नाइट कहने चली जाती। हारू रात के समय सौजन्य से युवती को बस में चढ़ा आता।

भास्कर ने होंठ काट लिया पर बदर का काम भी कर दिया। काम तो पत्र का था। काम करना बुरा भी न लगा, बल्कि सन्तोष-सा अनुभव हुआ—इतना भरोसा करती है। मुस्कराया····अपनी-अपनी पसन्द भी तो है। उसे तोंद पसन्द होगी। हारू का पेट काफी बढ़ आया था। भास्कर ने बदर के प्रति अपनी कटुता को भुला देने का यत्न किया।

सप्ताह के चौथे और पाँचवें दिन बदर ने अपना काम सवा दस तक निबटा दिया। ''गुड नाइट पार्टनर!'' भास्कर की ओर मुस्करायी। हारू के कैबिन की ओर गयीं और फिर दोनों साथ-साथ दफ्तर से निकले।

शनिवार दोपहर में एक ट्रंककाल के कारण हारू को तुरन्त चण्डीगढ़ जाना पड़ा। भास्कर और बदर की ड्यूटी के सप्ताह का अन्तिम दिन था। सवा दस के करीब हो रहे थे। भास्कर के मन में एक विचार था। दस बजकर बीस मिनट पर बदर ने कुर्सी पीछे ढकेल दी। भास्कर का ध्यान आकर्षित किया—''पार्टनर,'' उसने टाइप किया एक कागज दिखाया, ''प्लीज इसे जरा देख लेना और शीर्षक दे देना। यू डोंट माइंड आत्मीयता से मुस्करा दी।

''बहुत खुशी से।'' भास्कर भी कुर्सी पीछे हटाकर खड़ा हो गया, ''चलिये, आपको बस स्टाप तक पहुँचा दूँ।''

''अह, क्या जरूरत! आपको इतना काम है। गुडनाइट पार्टनर।'' और मुस्कान पर रूखी। स्वर में संगति की अनिच्छा स्पष्ट थी।

भास्कर की गर्दन झुक गयी। धप्प से कुर्सी पर बैठ गया—"ओ के।"

बदर के सैंडलों की खट-खट दिमाग पर हथौड़े की चोट-सी लगी—साली बंदरिया····। अपमान से मन बहुत कड़वा हो गया। बदर का काम कर डाला, परन्तु बहुत अरुचि से।

विशेषकर शिमला के अनुभव के बाद से रात बिस्तर में लेटने पर तुरन्त नींद न आ जाये तो भास्कर के शरीर में जवान खून के उफान से तनाव आ जाता था। उस समय इधर-उधर दिखायी दी लड़कियों-युवतियों की प्यारी सूरतें और कमनीय शरीर याद आ जाते। गत चार-पाँच मास में बदर का चेहरा कई बार याद आया—चेहरे की अनाकर्षक रूपरेखा, मानसिक जागरूकता और आत्मनिर्भरता की आभा से अस्पष्ट हो जाती। उस रात दफ्तर से लौट बिस्तर पर लेटते समय अपनी संगति के तिरस्कार से मन बहुत कड़ुवा था। खयाल आया, हमारे भाग में 'वो' (मामी) फूहड़-गंवार ही रह गयी थी। बदर के प्रति भी क्रोध····शक्ल तो देखे चुड़ैल अपनी। शुक्ल ने ही ठीक पहचाना····स्साली बंदरिया चीफ के बिस्तर में घुसकर तरक्की लेगी।····उसके प्रति सौजन्य का विचार अपनी ही मूर्खता लगी। कभी उसके मुँह न लगने का निश्चय कर लिया। दफ्तर में बदर के प्रति अविनय प्रकट न करने के ध्यान के बावजूद अपनी बेरुखी छिपा न सका।

भास्कर को राजधानी के पत्रकारिता क्षेत्र में प्रवेश और परिचय बढ़ाने का अवसर मिला तो तन-मन से अधिकतम सफल हो सकने के प्रयत्न में लग गया। इस पत्र से वैचारिक सहानुभूति तो अवश्य थी, परन्तु इतनी नहीं कि हारू और शुक्ल की तरह पत्रकार के रूप में अधिक आय और बेहतर स्थिति की भी परवाह न करता। ढाई वर्ष में खूब प्रतिष्ठित प्रभावशाली पत्र में अच्छे वेतन पर स्थान मिल गया। यहाँ सम्पादकीय में पर्याप्त व्यक्ति थे। काम का बोझ उतना नहीं। सम्पर्कों से निजी फुटकर काम से आय के अवसर भी बनने लगे।

× × ×

राजधानी में साधारण आय के लोगों के लिये रहने की माकूल जगह कठिन समस्या है। भास्कर को सम्मानित पत्र में स्थान मिल गया, परन्तु पत्र के सभी फ्लैट घिरे हुए थे। पत्रकारों के लिये मकानों के सरकारी

कोटे से स्थान पाने में भी समय लगता है। अन्य प्रतिष्ठित पत्र से सम्बद्ध भास्कर का परिचित था बाँगले। वह जोरबाग की बस्ती में खर्चे पर अतिथि के रूप में रहता था।

मकान मालिक रिटायर्ड कर्नल हैं। ग्यारह वर्ष पूर्व रिटायर होने के समय राजधानी में बस जाने के प्रयोजन से सुविधाजनक दोमंजिला मकान खरीद लिया था। तब जोरबाग की स्थिति आज जैसी न थी। कर्नल के दो बेटे हैं। दोनों योग्य। बड़ा बेटा विदेशी मंत्रालय में है। प्रायः विदेश में रहता है। कभी एक देश के भारतीय राजदूतावास में, कभी दूसरे में। तीन वर्ष पश्चात स्वदेश आने के लिये तीन मास का अवकाश मिलता है। उसकी पत्नी और दोनों बच्चे साथ रहते हैं। दूसरा बेटा केन्द्रीय पुलिस में ऊँचे पद पर। कई वर्ष से उत्तर प्रदेश में है। वह भी विवाहित। पत्नी साथ रहती है। बेटों के अलग बस जाने से मकान में कमरे खाली रहते हैं। प्रौढ़ दम्पत्ति को छः कमरों और चार गुसलखानों की क्या जरूरत। पिछले दस वर्षों में बढ़ गयी महँगाई का भी उपाय चाहिये। मकान बनाते या खरीदते समय ऊपर-नीचे के भागों को अलग-अलग किराये पर दे सकने का विचार नहीं था। ऊपर के कमरों को जीना कोरीडोर से है और रसोई केवल एक, कोरीडोर में जीने के साथ। कर्नल दम्पत्ति ऊपर रहते हैं पर खाना नीचे बनता है। नीचे का भाग किसी गृहस्थ को किराये पर देने में अनेक झंझटें हैं। पृथक रसोई की जरूरत। बच्चों का शोर। किरायेदार के कानूनी अधिकारों की गिरफ्त और किराये की आमदनी पर आयकर का पचड़ा। खर्चा लेकर छड़े-छड़ाक, आधुनिक ढंग के मेहमान ही उन्हें अनुकूल बैठते हैं।

कर्नल एक समय दो मेहमान रख सकते हैं। प्रत्येक को एक कमरा और एक गुसलखाना। सामने की बैठक साझी। कर्नल यदि किसी आगन्तुक को ऊपर न ले जाना चाहें तो स्वयं भी इस बैठक का उपयोग कर सकते हैं। बैठक में एक ओर खाने की मेज है। खर्च में प्रातः का नाश्ता सम्मिलित है। कमरे की झाड़-पोंछ भी। माहवार खर्च ढाई सौ रुपया, पेशगी। मुख्य दरवाज़ा कोरीडोर में है। मेहमानों के पास अपनी-कुंजी रहती है। जब जायें दरवाजा बन्द करके। जब चाहें लौटें पर खटका और शोर न हो। कोरीडोर से ऊपर के जीने में भीतर से ताला है। बाँगले के साथ रहने वाला दूसरा व्यक्ति किसी विलायती कम्पनी का

इंजीनियर था। उसे रंगून जाना पड़ गया। बाँगले की सिफारिश पर कर्नल ने भास्कर को आश्रय दे दिया।

बाँगले और भास्कर प्रातः नाश्ते के बाद साढ़े आठ-नौ तक अपने-अपने काम से निकल जाते थे। संध्या अपनी-अपनी सुविधा से लौटते। प्रातः के अतिरिक्त घर पर भेंट कम ही होती पर दोनों में अच्छी निभती थी। दोनों पाँच मास एक साथ रहे। बाँगले को पत्रकारों के सरकारी कोटे में अच्छा सस्ता मकान मिल गया। परिवार साथ रखने की सुविधा हो गयी। वह जगह छोड़ गया।

कर्नल का कमरा सप्ताह दस दिन खाली रहा। अन्य मेहमान आ गया या आ गयी, डाक्टर मिस····· । कर्नल ने डाक्टर मिस····को अपने एक विश्वस्त मित्र की सिफारिश पर आश्रय दिया था। मिस·····सिफारिश करने वाले के नातेदार की बेटी थी। एम० बी० बी० एस० पास करके तीन वर्ष से लोक स्वास्थ्य विभाग में उत्तर प्रदेश में नियुक्त थी। पद वृद्धि की आशा से छः मास के विशेष कोर्स के लिये दिल्ली आयी थी।

मिस····से प्रथम साक्षात्कार में भास्कर ने सरसरी नजर में उसके व्यक्तित्व को आँक लिया। कद नीचा, शरीर दोहरा कसा हुआ। वैसा ही चकला, साँवला चेहरा। नाक कुछ दबी-फैली हुई। आँखें अच्छी बड़ी, समझदार। शिक्षा और आत्मविश्वास की झलक। लगभग भास्कर की समवयस्क पर शरीर के भारीपन से कुछ अधिक आयु का आभास। परिधान प्रसाधन की रुचि नौजवान लड़कियों की।

डाक्टर मिस·····को नवपरिचित युवक के साथ एक जगह नाश्ता लेने में संकोच न हुआ। मेज पर साक्षात्कार के समय नमस्ते, संक्षिप्त निरवैयक्तिक बातचीत भी हुई। मिस रविवार दोपहर बाद भास्कर की अनुपस्थिति में आयी थी। सोमवार नाश्ते के समय भेंट में भास्कर ने महिला के प्रति सौजन्य से कहा—शायद आप दिल्ली से काफी परिचित न हों। मामूली सहायता की आवश्यकता हो तो संकोच न कीजियेगा।

मिस को भास्कर शिष्ट सरल लगा। दिल्ली आने के प्रयोजन, अपनी स्थिति का और कुछ अन्य परिचय भी दे दिया। अखबार वाला भास्कर के लिये प्रातः ही दैनिक डाल जाता था। नाश्ते के समय दोनों पत्रों पर नजर डाल लेते। आठ-दस मिनट बातचीत का प्रसंग हो जाता। भास्कर को पन्द्रह-बीस मिनट देर-सबेर की चिन्ता न थी। मिस ठीक पौने नौ पर

मुस्कान से क्षमा माँग लेती—"आई मस्ट लीव (अब चलूँगी)।" बातचीत प्रायः अंग्रेजी में होती।

मिस बातचीत में उत्सुक और हँसमुख थी। मुस्कान से छोटे-छोटे उजले दाँतों की पाँत खिल जाती। गम्भीर मुद्रा पर चेहरे पर कुछ भारीपन या क्रोध की विरूपता सी आ जाती। मुस्कान या हँसी से विरूपता बिखर जाती और भली लगने लगती।

कर्नल का नौकर रविवार को भी मेहमानों का नाश्ता आठ बजे ही निबटा देता था। डाक्टर मिस नाश्ते के बाद भी निश्चिन्त बैठी थी।

"आज आपको जल्दी नहीं। आराम का दिन है।" भास्कर मुस्कराया।

"जी हाँ," मिस के दाँतों की पाँत खिल गयी, "पर सोच रही हूँ, दिन भर करूँगी क्या? पिछले रविवार भी आधा दिन बोर हो गयी थी। कुछ पढ़ने को दे सकेंगे?"

"जरूर," भास्कर अपने कमरे से दो पत्रिकायें ले आया, "मुझे इसमें कुछ चीजें रोचक लगीं। अगर आपको भी रुचि हो…।" वह बैठक में लगे सोफा की ओर बढ़ गया। मिस साथ की कुर्सी पर आ गयी। बात करते-करते भास्कर ने नाश्ते के बाद का सिगरेट सुलगा लिया और चौंका, "शायद धुएँ से आपको परेशानी हो।"

"सिगरेट की गन्ध मुझे अप्रिय नहीं लगती।" मिस के दाँत फिर खिल गये।

"तो आप भी लीजिये।" भास्कर ने पैकेट उसकी ओर बढ़ाया।

"धन्यवाद।" फिर वही हँसी, "पीती नहीं हूँ।"

लगभग आधे घण्टे दोनों में बातचीत होती रही। फिर भास्कर अपने काम से उठ गया।

भास्कर संध्या साढ़े नौ से पहले कभी ही लौटता था। कभी बारह-एक तक भी। भास्कर जल्दी लौटता तो मिस के कमरे में गली की ओर खिड़की से प्रकाश झलकता रहता। अनुमानतः कुछ पढ़ रही होती या दूसरे काम में व्यस्त। कमरे के किवाड़ बन्द रहते। देर से आने पर प्रकाश भी नहीं। भेंट और बातचीत केवल नाश्ते के ही समय होती। बाँगले के साथ भी ऐसे ही चलता था।

अगले रविवार नाश्ते के समय डाक्टर मिस ने पत्रिकायें लौटाकर अनुरोध किया—"आज रविवार है। अन्य पत्रिका-पुस्तक दे सकेंगे?" पत्रों के दफ्तरों में समालोचनार्थ और उपयोग के लिये पर्याप्त पाठ्य सामग्री आती रहती है। भास्कर को स्वयं भी पुस्तकें खरीदने का शौक है। नाश्ते के बाद वह अपने कमरे से एक उपन्यास और एक पत्रिका ले आया। बैठक में पूर्वापेक्षा कुछ अधिक देर तक बात हुई।

फिर रविवार। मिस उपन्यास समाप्त न कर पायी थी। दोनों कुछ बातचीत करते बैठे रहे। मिस हँसी—"इलाहाबाद में उत्सुकता से रविवार की प्रतीक्षा रहती थी। यहाँ रविवार बोझ हो जाता है। दिल्ली में दो सम्बन्धी हैं एक गाँधीनगर में, दूसरे माडल टाउन में। पिछले रविवार दोपहर में माडल टाउन गयी थी। जाने-लौटने में ही साँझ हो गयी।"

"दिल्ली ऐसी अरोचक-नीरस जगह नहीं है।" भास्कर ने विस्मय प्रकट किया, "विदेश तक सैलानी देखने आते हैं। यहाँ कुतुब, लाल किला, बुद्ध गार्डन्स, नेशनल आर्ट गैलरी, नित्य नयी प्रदर्शनियाँ वगैरा बहुत कुछ है। दर्जनों सिनेमा और दूसरे कार्यक्रम····।"

"है तो बहुत कुछ।" मिस हँसी, "अकेले नाक उठाये घूमते क्या अच्छा लगता है।"

भास्कर को उसके एकाकीपन से सहानुभूति हुई। रविवार उसे फुर्सत होती है पर ऊब नहीं। मिस को कुछ घुमा-फिरा सकता था। बातचीत में बुरी न थी पर सोचा—कोई परिचित इसके साथ देखकर क्या कहेंगे···· किस पड़िया को लिये फिर रहा है। चुप रह गया।

अगले रविवार नाश्ते के बाद बातचीत में मिस ने शिकायत की—"यह भी मुसीबत है। रोज तो लंच इंस्टीट्यूट की कैन्टीन में मिल जाता है। एतवार डबलरोटी-मक्खन पर ही गुजरता है या स्टोव पर दो अण्डे बना लूँ।" कर्नल की पत्नी ने लड़की के प्रति सहानुभूति से पचहत्तर मासिक पर मिस के लिये संध्या खाने की भी व्यवस्था कर दी थी। संध्या ठीक आठ बजे मिल जाता था। इससे अधिक झमेला उनके बस का न था।

"कनाट प्लेस में बहुत से अच्छे रेस्तोराँ हैं।" भास्कर ने बताया।

"पर जानती नहीं।" वह अपनी बेबसी पर हँसी, "अनजानी जगह में अकेले जाने में भी संकोच।"

मिस के एकाकीपन की शिकायत में संगति की इच्छा का संकेत स्पष्ट था। बदर की याद कौंध गयी। अपनी संगति के लिये निमंत्रण से सन्तोष अनुभव हुआ। प्रभावशाली पत्र से आ जाने पर पत्र प्रतिनिधि के रूप में पार्टियों, गोष्ठियों, समारोहों और राजदूतावासों में अनेक निमन्त्रण मिलने लगे थे। आधुनिक सुसंस्कृत, कमनीय युवतियों से बोलचाल, मिलने-भेंटने के अनेक अवसर, परन्तु मिस के संकेत की अवज्ञा अभद्रता होती। ''हूँ, आज लंच मेरे साथ लीजिये,'' भास्कर उदारता वश न कर सका, ''एक बजे चलेंगे।''

मिस ने धन्यवाद निमन्त्रण स्वीकार कर लिया।

मिस कनाट प्लेस जाने के लिये तैयार हुई। नित्य की अपेक्षा चुस्त और शोख पोशाक में। जूड़ा अधिक यत्न से बँधा हुआ। चेहरा नित्य से कुछ उजला, ओठ गुलाबी। प्यारी सेंट की गन्ध। भास्कर मन ही मन मुस्कराया—आकर्षक, प्यारी जान पड़ने के यत्न।

भास्कर उसे एक महँगे रेस्तोराँ में ले गया। लंच का आर्डर भी उदारता से दिया। मिस स्थान की तड़क-भड़क और अच्छे भोजन से उल्लसित थी। भास्कर ने आइसक्रीम और कॉफी मँगवायी। मिस की चुस्त बातचीत अच्छी लग रही थी। डेढ़ घण्टे तक बैठे रहे। भास्कर ने प्रस्ताव किया—आज पूरी छुट्टी मनाइये। सिनेमा भी देख लीजिये।'' मिस साभार प्रस्तुत हो गयी। अवसर से समीप के सिनेमा हाल में पुरानी ऐसी-वैसी ही फिल्म थी। जगह मिल गयी। सिनेमा से निकले तो भास्कर पाँच घण्टे की संगति से अघा चुका था। उसे अन्यत्र जरूरी काम की याद आ गयी।

''दिल्ली में पहले मनोरंजन दिन के लिये धन्यवाद।'' मिस मुस्करायी।

''संगति सुख तो मुझे मिला।'' भास्कर ने हँसकर हाथ बढ़ा दिया। मिस कृतज्ञता में हाथ मिलाकर जोरबाग़ लौट गयी। भास्कर अपने पत्र में सीनियर पुनैया के यहाँ चला गया।

लगभग पूरे दिन मनोरंजन की संगति से दोनों में नवपरिचय की झिझक दूर हो गयी। मिस यों भी अपने व्यवसाय के कारण झेंप को शील का आवश्यक अनुषंग नहीं समझती। नाश्ते के समय अधिक बातचीत और हँसी होने लगी।

बीते रविवार के मनोरंजन की ललक से और आभार में मिस ने अगले रविवार भास्कर को स्वयं लंच का निमन्त्रण दिया—आपकी पसन्द के रेस्तोराँ में और सिनेमा। दोपहर भास्कर को आवश्यक काम से जाना था। मिस की बात भी दुलखना नहीं चाहता था! अच्छी लगने लगी थी। "दोपहर में तो मजबूर हूँ। अलबत्ता डिनर पर मेरा निमंत्रण।" भास्कर ने कहा।

"लंच नहीं तो डिनर सही।" मिस ने आग्रह किया, "निमन्त्रण मेरा है, जगह की पसन्द आपकी।"

भास्कर जान चुका था मिस को इलाहाबाद-लखनऊ के रेस्तोराँ का ही अनुभव था। उसे कुछ नया दिखाने-प्रसन्न करने की इच्छा थी। कनाट प्लेस के दूसरे रेस्तोराँ में ले गया। रेस्तोराँ में डिनर के समय नृत्य और संगीत चल रहा था। बीस के खाली स्थान में कुछ जोड़े नाच रहे थे। उससे पूर्व मिस ने स्त्री-पुरुषों को आलिंगन की मुद्रा में नाचते केवल पश्चिमी फिल्मों में देखा था। बहुत कौतूहल से देख रही थी।

"नाचने की इच्छा है?" भास्कर ने पूछ लिया।

"आता ही नहीं।" मिस मुस्करायी, "आप जानते हैं?"

"नहीं····पर मकान लौटकर दोनों अनाड़ी बैठक में कोशिश कर सकते हैं।" भास्कर मुस्कराया और कोहनी से उसकी बाँह पर टोहका दे दिया। अपनी इस हरकत से कुछ उत्तेजना और आशंका भी अनुभव की—बुरा न मान गयीं हो।

मिस की नजर भास्कर की ओर उठ गयी। दृष्टि अनुराग से तरल और चेहरे पर मुस्कान। कोहनी भास्कर की बाँह की ओर बढ़ गयी। भास्कर का रक्त नारी सामीप्य की ऊष्मा से तीव्र हो गया। नाचते जोड़ों की और लगाये सोच रहा था—खेल चाहती है। शिमले की दोपहरें याद आ गयीं—मामा का शरीर बेहतर रहा होगा। उत्तेजना का मान कुछ कम हो गया।

रेस्तोराँ से पौने दस के लगभग निकले। एक स्कूटर सामने मिल गया। उसी में जोरबाग लौटे। मकान का दरवाजा खोलते समय भास्कर को 'दोनों अनाड़ियों के बैठक में नाच की कोशिश' की बात याद आयी। वह संयम का निश्चय कर चुका था। मिस के कमरे का दरवाजा कोरीडोर में बैठक के दरवाजे से कुछ आगे था। भास्कर का कमरा बैठक

के बाद। कोरीडोर में आते ही उसने मिस की ओर हाथ बढ़ा दिया—''बढ़िया डिनर के लिये धन्यवाद।''

''संगति के लिये आभार'' मिस हाथ मिलाये मुस्करायी। कोमल हाथ के स्पर्श और नाक के नीचे केशों की सुगन्ध से भास्कर का रक्त फिर उत्तेजित हुआ, परन्तु दृढ़ निश्चय से 'गुडनाइट!' कहकर अपने कमरे में जा किवाड़ों पर चिटखनी लगा ली।

कपड़े बदलकर पलंग पर लेटते ही फिर उत्तेजना का आवेग—उसे आपत्ति नहीं। स्मृति में जागने लगे मामी के सोद्गार स्पर्श, अपने शरीर से खिलवाड़, आलिंगन, तृप्ति के प्रयत्नों की कुरलाहट, मार्मिक तुष्टि के उच्छ्वास। तड़पकर लिहाफ परे हटा दिया। पलंग पर उठ बैठा। मिस का दरवाजा खटखटाने की व्याकुलता। फिर आशंका—यदि उसने धीमी दस्तक न सुनी—या अब किवाड़ न खोले! आवेग के दमन के प्रयत्न में बहुत देर तड़पता रहा।

अगले दिन नाश्ते की मेज पर नमस्ते के साथ मिस की आमंत्रण भरी मुस्कान और दृष्टि से भास्कर फिर उत्तेजित। मर्द होकर आगे कैसे न बढ़ता, नजरों से प्यार उड़ेलकर मुस्करा दिया। मिस की निगाहें न झुकीं। चेहरे पर किलक और मुस्कान आ गयी।

दिन में या अकेले में भास्कर की कल्पना में मिस के रूप-आकृति कौंध जाते तो उसके प्रति अपनी खिंचावट विद्रूप जान पड़ती, परन्तु नाश्ते की मेज पर फिर वही स्फुरन। बृहस्पति को मिस ने याद दिलाया—''मेरा निमन्त्रण आधा शेष है, सिनेमा!''

भास्कर ने मजबूरी बतायी—दोपहर बाद या संध्या उसे फुर्सत मुश्किल से होती है। मंगल और शनि को भी दूसरे शो के लिये आश्वासन दे सकता था। मिस को दूसरे शो में भी आपत्ति न थी, खासकर शनिवार संध्या। भास्कर ने स्वीकार कर लिया। शनिवार की संध्या निराश न होने के विचार से दूसरे शो के टिकट उसी दोपहर मँगवा लिये। कनाट प्लेस में दो अंग्रेजी फिल्में चल रही थीं। फिल्म गम्भीर या कलात्मक होने के अनुमान से नहीं, मिस के उत्तेजित हाव-भाव से रस और तफरीह की इच्छा से चुनी।

मिस ठीक समय पर सिनेमा हाल के सामने पहुँच गयी। खूब चुस्त, कसी, बनी-ठनी। अमरीकन फिल्म थी—'अप्रत्याशित अभिसार'। भास्कर

का अनुमान ठीक रहा। पूर्व अपरिचित, भिन्न भाषा-भाषी सैलानियों में सागर तट पर प्रथम दृष्टि में आकर्षण, आसक्ति। भाषा के माध्यम के बिना, आसक्ति के आवेग में नायक-नायिका की तीखे सांकेतिक कटाक्षों द्वारा भाव अभिव्यक्ति। दोनों समुद्र स्नान की पोशाक में या बेपोशाक। नायक केवल जाँघिये और नायिका अंगिया-जाँघिये में। तैरने की प्रतियोगिता के बहाने पकड़ा-धकड़ी, गूढ़ आलिंगन और सोच्छ्‌वास चुम्बन। हाल के अँधेरे में भास्कर की कोहनी मिस की ओर बढ़ गयी। मिस के कन्धे ने उसकी ओर झुककर स्वागत किया। फिल्म की समाप्ति तक दोनों के पंजे परस्पर कस गये।

लौटते समय मिस टैक्सी की सीट पर बिलकुल एक ओर नहीं, भास्कर के लिये जगह छोड़कर बैठी। भास्कर उससे सटकर बैठा। दाहिनी बाँह उसने मिस की गर्दन के पीछे से बढ़ाकर हाथ उसके दाहिने कन्धे पर रख लिया। मिस का कन्धा उसकी ओर झुक गया और हाथ ने भास्कर की जाँघ पर टेक ले ली। भास्कर के रक्त की ऊष्मा बढ़ती जा रही थी। टैक्सी मुख्य सड़क से उनके मकान की गली में घूमी तो भास्कर का हाथ मिस के कन्धे से स्वेटर ब्लाउज के चौड़े गिरेबान में फिसल गया और पंजे ने उसके कुच को दबोच लिया।

मिस सिहर उठी दायाँ हाथ आत्मरक्षा के लिये उठा पर उसने आक्रामक हाथ को हटाया नहीं, स्तन पर दबा लिया। उत्तर दिया उसके बायें हाथ ने भास्कर की जाँघ से सरककर। भास्कर तिलमिला उठा।

मुख्य दरवाजा खोलकर दोनों भीतर आये। मिस अपने दरवाजे के सामने ठिठकी। भास्कर उसके कान पर झुक गया—"आ रहा हूँ।"

भास्कर ने कमरे में जाकर कपड़े बदले। बिजली बुझा दी। कोरीडोर से ऊपर के जीने पर इधर की चिटखनी चढ़ा दी। नौकर जीने के नीचे सोता था। मिस के कमरे के किवाड़ उड़के हुए थे, बन्द नहीं। कमरे की बत्ती बुझ चुकी थी, परन्तु अँधेरा न था। गली की ओर खिड़की पर झीना पर्दा था। गली की बत्ती का प्रकाश पर्दे से छनकर भीतर आ रहा था। मिस पलंगपोश से ढँके बिस्तर पर बैठी थी। कपड़े नहीं बदले थे।

भास्कर उसके कमरे में जा किवाड़ों को धीमे से मूँदकर चिटखनी चढ़ाने लगा। "नो प्लीज!" मिस साँस से बोली।

भास्कर चिटखनी चढ़ाकर उसके समीप पलंग पर बैठ गया—"क्या मैं पसंद नहीं?" अंग्रेजी में पूछा।

"क्यों नहीं। जानते हो, बहुत चाहती हूँ।" मिस ने गहरा निःश्वास लिया।

भास्कर ने उसे बाँहों में कस चूम लिया। मिस के ओठों ने सहयोग दिया बाँह उसके कन्धे में डाल दी।

"तो फिर!" भास्कर ने मिस के कमर से अपनी ओर खींचना चाहा।

मिस झिझकी। झुकी पलकें उठाकर भास्कर की आँखों में देखा—"शादी का वायदा करो।"

भास्कर की बाँह की जकड़ शिथिल हो गयी।

"वायदा करते हो।" मिस मुस्करायी।

भास्कर की उत्तेजना ठंडा पसीना बन गयी—"न" उसका स्वर फँस गया। उसने अपनी बाँह खींच ली।

मिस की पीठ सीधी हो गयी। चेहरा गम्भीर और क्रोध से कुरूप।

भास्कर पलंग से उठकर किवाड़ की ओर बढ़ा।

"मुझे खिलवाड़ के लिये फँसा रहा था बद···!" मिस के दबे स्वर में फुंकार थी।

भास्कर अपने कमरे में लौट पलंग पर पड़ गया। जनवरी की सर्दी में भी लिहाफ खींच लेने का ध्यान न आया। सिर चकरा रहा था—मिस के प्रति क्रोध से।····खुद बात बढ़ायी····कहाँ तक छेड़-छाड़!····स्वयं चाहती है, परन्तु मैं चाहता हूँ तो कीमत चाहिये। उम्र भर के लिये फँसा लेने की, सिर पर लद जाने की! परिणाम का आतंक···· नानसेंस···· वाहियात! इस विशेषज्ञता का कोर्स कर रही है। दूसरों को बचाव के उपाय सिखाने वाली को परिणाम का भय!·····गले में फन्दा डालना हो तो इस भैंस के साथ! क्षोभ के उबाल के साथ ही उत्तेजना के उन्माद में उच्छृंखल हो भटककर अपमान पाने के लिये पश्चात्ताप। कुछ सांत्वना···· गनीमत की शर्त पहले बता दी। कहीं कर-धर के बाद में ब्याह का तकाजा करती तो मुसीबत हो जाती।····जीवन भर के दलदल में फँसने से बचा! कैसी असह्य स्थिति में गला फँसा लिया। क्या करे···।

बहुत देर तक नींद न आयी। नींद टूटने पर फिर वही ग्लानि, पश्चात्ताप।

सुबह आठ बजे नौकर ने नाश्ता रख देने की सूचना दी। भास्कर के [illegible] से सामना सह्य न था। नाश्ते की परवाह न की। रात के निश्चय [illegible] जल्दी तैयार होकर कोरीडोर की राह बाहर निकल गया।

पुनैया जमा हुआ पत्रकार है। पत्रकारिता के क्षेत्र में नाम और धाक है। पत्र में राजनीतिक-आर्थिक विभाग का उपसम्पादक। अच्छा वेतन पाता है। सरकारी कोटे से कनाट प्लेस से मील भर पर चार कमरे का स्वतन्त्र मकान, अपनी गाड़ी है। परिवार नहीं है, परन्तु मकान की देखभाल और मनपसन्द भोजन के लिये नौकर रखता है। कुछ वैचारिक साम्य, कुछ भास्कर की प्रकृति, योग्यता और कर्मठता के कारण उसके प्रति कृपालु है। सीख-सुझाव भी देता रहता है। आयु और स्थिति के अन्तर के बावजूद भास्कर से आत्मीयता। निस्संकोच और बराबरी के ढंग से बात करता है। अपने पत्र की नीति, व्यवस्था और सरकारी नीति की अलोचना से लेकर सेक्स तक निस्संकोच बातचीत और मजाक चलता है। हफ्ते-पखवाड़े में एक साथ खाना-पीना भी जरूर। पुनैया के यहाँ विभिन्न राजदूतावासों से स्काच ह्विस्की, दूसरी बढ़िया शराबें और सिगरेट भेंट में आते रहते हैं। वह महीने में एक-दो बोतल और कुछ सिगरेट भास्कर को भी दे देता है। भास्कर उसका आदर करता है। परस्पर निस्संकोच के बावजूद उसे गुरु (सीनियर) पुकारता है।

भास्कर सुबह ही पुनैया के यहाँ पहुँचा। अनिवार्य कारण से जगह छोड़ देने की विवशता बतायी। अन्यत्र प्रबन्ध कर सकने तक दो-तीन सप्ताह के आश्रय का अनुरोध किया। पुनैया को भास्कर से असुविधा की आशंका न थी—"आओ बेट्टे, (कम इन सनी) संगति रहेगी।" स्वागत किया।

कर्नल के नियमानुसार भास्कर पाँच दिन पूर्व, दूसरी तारीख को ही महीने का अग्रिम भुगतान कर चुका था। संध्या से पूर्व ही उसने कर्नल को सूचना और धन्यवाद देकर विदा ले ली। उस समय रविवार के कारण मिस घर पर न थी।

भास्कर पाँच सप्ताह पुनैया का अतिथि रहा। तब तक उसे भी दफ्तर से मील-सवा मील दूर पत्र का फर्निश्ड फ्लैट वेतन के बीस प्रतिशत पर मिल गया। मिस की संगति के अनुभव की खिन्नता से मुक्ति पाने में दो-ढाई मास लगे। मिस के व्यवहार का अनुभव आया-गया हो गया। धोखे या अपमान की कसक मिट गयी। घटना याद आने से भास्कर उस पर पत्रकार की आबजेक्टिव (तटस्थ) दृष्टि से विचार करना चाहता—मैंने उसे खिलवाड़ में फँसाने का यत्न किया या उसने मुझे फाँसने का?····किसने उकसाया? उसने झुकाव दिखाया। मेरी ओर से झुकाव को बढ़ावा। मेरी इच्छा जाग उठी। चाहती वह जरूर थी, परन्तु पत्नी बन जाने के विश्वास में। चाह या उमंग की पूर्ति की शर्त या मूल्य! ····मुझे फाँस कर खुद भी फँसती। बन्धन का सन्तोष····निर्भरता के लिये? निराश्रय नहीं, आत्मनिर्भर डाक्टर है, मुझसे कुछ अधिक वेतन; कुछ सम्पत्ति भी। काम छोड़कर गृहस्थिन बन जाने की कल्पना भी नहीं। फिर बन्धन की भूख क्यों? इच्छा और तुष्टि की तड़प, परन्तु फँस जाने के आश्वासन बिना नहीं। संस्कार! विवाह के बिना अनाधिकार अपराध की भावना का आतंक। साधारण जनमत से शायद वह भली और मैं उच्छृंखल पर मुझे फँसना—उससे, किसी से भी—स्वीकार नहीं। जो हुआ वही ठीक। दोनों को बच जाने का सन्तोष।

× × ×

भास्कर के पिता और भाई छः-सात वर्ष से उसके विवाह के लिये चिन्तित थे। बात भास्कर के निरुत्साह के कारण टलती जा रही थी, परन्तु अब लड़का अट्ठाइस पूरे कर रहा था। बिरादरी के लोग जान चुके थे, भास्कर राजधानी के बहुत प्रतिष्ठित पत्र से सम्बद्ध है। आठ-नौ सौ मासिक पा रहा है। स्वस्थ, सुडौल जवान। परिवार का कारोबार जमा हुआ। जवान बेटियों के बोझ से मुक्ति के इच्छुक या कन्यादान के पुण्य के लिये आतुर परिवारों से और भी अधिक प्रस्ताव आने लगे। पिता और भाई लड़के का विवाह इस आयु तक भी न होने से बहुत संकोच और प्रत्याशित अच्छे दहेज की हानि भी अनुभव कर रहे थे। उसके विवाह के लिये बहुत जोर दिया जाने लगा। एक कन्यापक्ष तो लड़की को दिल्ली में अपने सम्बन्धियों के यहाँ ले जाकर या किसी रेस्तोराँ में चाय-

लंच के निमंत्रण के उपाय से दिखा देने को तैयार। यह काम शीघ्र हो जाने के लिये पिता-माता, भाई का प्रबल आग्रह। घर में सप्ताह में दो-दो पत्र।

सितम्बर के आरम्भ में भाई दिल्ली आ पहुँचा। बताया, अवसर से बहिन भी दिल्ली में अपनी ननद के यहाँ रोहतक रोड पर आयी हुई थी। भास्कर को आग्रह से साथ ले गया।

भास्कर को बहिन की ननद के यहाँ सायास स्वागत की तैयारी का आभास हुआ। लोग विशेष रूप से साफ-सुथरी चुस्त पोशाक में। बहिन की ननद और एक अन्य महिला समारोह के अवसर के लिये बनी-ठनी। साग्रह आतिथ्य। फल-मिठाई एक खूब सजी जवान लड़की ने पेश किये। लड़की की गतिविधि से तनाव स्पष्ट, नर्वस। वही चाय भी लायी। मेहमानों के सामने बैठी। संकोच से गर्दन घुमाये-झुकाये। चेहरे पर पंखे की तेज हवा के बावजूद पसीना। भाई ने भास्कर की स्थिति और योग्यता का अत्युक्तिपूर्ण बखान किया। भास्कर का माथा ठनका।

मामूली सी अप्रिय घटना भी हो गयी। माँ के सुझाव से लड़की इलायची-सुपारी लेने भीतर गयी। शायद चेहरे का पसीना पोंछ सकने के लिये घबराहट में आइने के सामने जाने का ध्यान न रहा। लौटी तो एक भौं कुछ फैल गयी थी। परिवार के लोग संकोच और लज्जा से मुर्झा गये। भास्कर का मन लड़की की असुविधा और उसके प्रति अन्याय से बिंध गया। नजरें चुराये रहा जैसे उसने कुछ नहीं देखा, परन्तु चेहरे से क्षोभ न छिप सका।

लौटते समय भाई से संकोच से समझाने का यत्न किया—"ऐसे वक्त लड़कियों को तैयार किये जाने का चलन ही है। अपनी बहिन ने लड़की को देखा है, जानती है। रंग साफ, सुन्दर है। स्वभाव की अच्छी। एम०ए०, बी०टी० है। घर के लोग पोढ़े हैं....।"

"मुझे यहाँ लाने का प्रयोजन क्यों नहीं बताया?" भास्कर क्षोभ वश न कर सका, "मुझे दिखाने ले गये, जैसे दामादी का उम्मीदवार हूँ। मेरी बेइज्जती। उस पढ़ी-लिखी जवान लड़की के साथ क्रूरता, उसका अपमान। देखने गये कि शादी लायक है या नहीं! लड़की और उसके

माँ-बाप क्या समझेंगे, मैंने उनकी लड़की को बदसूरत-फूहड़ समझा, उसकी बेइज्जती की। मैं खुद जाकर उनसे माफी माँगूँगा आपकी हरकत के लिये। शादी मेरी नहीं हुई, सिर दर्द आपको है। चाहूँ तो आपकी मदद बिना भी शादी हो सकती है....।''

भाई भी बिगड़ उठा—''यह अच्छी रही, गधे को नमक चटाओ वो कहे मेरी आँख फोड़ दी! जिसे छिनरे-आवारागर्दी का चस्का लग गया वह गृहस्थ नहीं बन सकता।''

भास्कर को बातचीत की संगति और मित्रता के लिये सुशिक्षित-सुन्दर लड़की से परिचय और उसे देखने-मिलने का प्रस्ताव तो समझ में आता है, परन्तु विवाह के निश्चित प्रयोजन से किसी लड़की को देखने-परखने की बात उपहासास्पद लगती है। एक भेंट में किसी भी नर-नारी को कितना समझा-पहचाना जा सकता है? खासतौर पर जब दूसरे को मालूम हो कि उसे जाँचा-परखा जा रहा है। एक-दो साक्षात्कार में व्यक्ति के कद, रूप-रंग, कण्ट के स्वर के अतिरिक्त क्या जाना जा सकता है! लड़की को एक नजर देखकर निश्चय करे—यह साथ सोने लायक है या नहीं? ब्याह का मतलब और क्या होता है? मेडन फार्म (कुमारी रूप) अंगिया और कोर्सेट की मेहरबानी से ब्लाउज-साड़ी में लिपटी सभी सुडौल-आकर्षक लग सकती हैं। अगर बाद में पाया कि साड़ी-ब्लाउज, सलवार-कमीज में ढँकी-कसी जैसी लग रही थी, शरीर वैसा नहीं है, फिर तो उससे पल्ला छूटने से रहा।

भास्कर को अपनी वंश रक्षा या पारिवारिक संपत्ति के अपने भाग के लिये उत्तराधिकारी की चिन्ता नहीं। मृत्यु के बाद पितृलोक में श्राद्ध के बिना भूखे रह जाने की भी आशंका नहीं। सन्तान को गोद में दुलराने की ललक या महत्वाकांक्षा भी नहीं। गृहस्थ के जंजाल में गला क्यों फँसाये! पिता-माता, भाई-भाभी, मामा-मामी और अन्य जितने परिवारों में दाम्पत्य सम्बन्धों का उसे वास्तविक परिचय है, विवाह के लिये उत्साहपूर्वक नहीं। दिल्ली में भी अपने जिन गृहस्थ समवयस्कों के यहाँ आना-जाना है, विवाहित जीवन से बहुत प्रसन्न नहीं जान पड़ते। विवाह कर आठ-दस वर्ष में दो-तीन सन्तानों के पिता बन क्रिच्छता और चिन्ताओं के बोझ से जीवन को नीरस बना चुके हैं। बत्तीस-चौंतीस की आयु में प्रौढ़। इतने परिचित परिवारों में केवल एक परिवार है जिसमें

विवाह के आठ वर्ष बाद भी पति-पत्नी में प्रेम-आकर्षण और जीवन की उमंग शेष है। दोनों नौकरी कर रहे हैं। केवल एक बच्चा चार बरस का जिसे सँभालने के लिये दादी है।

भास्कर की विवाह इच्छा नहीं परन्तु नारी के प्रति नर के प्राकृतिक झुझाव से भी मुक्त या विरक्त नहीं। राजधानी में सफल पत्रकारों को युवतियों के दर्शन या बातचीत की संगति के अवसर के लिये तरसना नहीं पड़ता। उन्हें समारोहों, गोष्ठियों और सांस्कृतिक प्रदर्शनों के लिये निमंत्रणों की कमी नहीं रहती। कला और सांस्कृतिक क्षेत्रों में नाम और स्थान चाहने वाले युवक-युवतियाँ उनके परिचय और मित्रता के लिये लालायित रहते हैं। चार-पाँच युवतियाँ हैं जो भास्कर के साथ उठने-बैठने, बातचीत के अवसर की प्रतीक्षा करती हैं। पत्र के दफ्तर में दो नवयुवतियाँ हैं। युवक पत्रकारों को रेस्तोराँ या सिनेमा में संगति देने में उदार।

परिचित नारी से हँस-बोल लेने के अवसर से मन कुछ बहलता है, परन्तु मार्मिक तुष्टि नहीं। भास्कर का मन चाहता था संगति, जो मन-मस्तिष्क को रमा सके। आकर्षण जो कल्पना और शिराओं को स्फुरित कर सके। कई बार बाजार, रेस्तोराँ या पार्टी में किसी प्यारे चेहरे और सुडौल तन्वी पर नजर अटक जाती। उसकी याद आने पर आलिंगन-चुम्बन की इच्छा कौंध जाती। मन में एक चुभन-सी—मैं ही चाहता हूँ, मुझे कोई नहीं चाहता। तब स्मृति में मामी और मिस आ जातीं। मेरे भाग्य में वही थीं। कभी बिस्तर में नींद से पहले उद्वेग से स्नायविक तनाव हो जाता। मामी की काम-व्यग्रता याद आ जाने से तनाव बढ़ जाता। मिस के उत्तेजित हाव-भाव याद आ जाते····थी तो औरत ही; शारीरिक तुष्टि के लिये पर्याप्त, पर उसकी शर्त! सोचने लगता, उसे परिणाम का क्या भय था! दूसरी औरतों को ऐसे परिणाम से बचने के उपाय बताने वाली को। ····पत्नी बने बिना रति तुष्टि को अपराध समझने का संस्कार! शायद सन्तानवती बनने की महत्वाकांक्षा ·····कैसे संस्कार! पढ़ी-लिखी, आत्मनिर्भर युवती भी अविवाहित रहने की हीन भावना से मुक्ति नहीं पा सकती। रति कामना की प्राकृतिक उत्तेजना में मामी या मिस से ही तुष्टि की तड़प, परन्तु दिन के प्रकाश में अपनी उस मूर्खता के लिये ग्लानि। एक ग्रास चारे के लोभ में काँटा निगल लेना!

आर्ट हाल में मोती से साक्षात्कार हुआ तो भास्कर ऐसी ही मनःस्थिति में था।

× × ×

तीसरे दिन भास्कर के मन में समय पर प्रदर्शनी में पहुँच जाने का अदम्य उत्साह था, परन्तु व्यस्तता के कारण कुछ विलम्ब में चल सका। हाल में कदम रखते ही मोती से नजर मिल गयी। उसकी आँखें द्वार की ओर ही थीं। बढ़ आयी—'बसेरा बिक गया।' मोती के चेहरे से प्रसन्नता फूटी पड़ रही थी। भास्कर को साथ ले जाकर दिखाया—चित्र पर क्रीत (सोल्ड) चिट लगी थी। भास्कर ने बधाई दी।

"यह दो पत्र में आपकी टिप्पणी की कृपा है।" मोती का स्वर कृतज्ञता से भीगा था।

मोती के साथ टैक्सी में बैठकर भास्कर ने पूछा—"चित्र बिक जाने से सन्तोष है?"

"तीन सौ रुपये की बात नहीं। सौ रुपये यह लोग कमीशन में काट लेंगे।" मोती ने कहा, "कोई चित्र बिक जाय तो लोग मानने लगते हैं।"

"मानसिक सन्तोष!"

"हाँ, राबरो बड़ी बात।" मोती ने स्वीकार किया।

"तुम्हारे सन्तोष और प्रसन्नता में साझी हूँ।"

मोती के चेहरे पर अनुराग झलक आया। पलकों के संकेत से स्वीकार किया।

भास्कर मोती को अन्य रेस्तोराँ में ले गया। जगह उतनी भड़कीली न थी, परन्तु ऊपर अलग बैठने के लिये 'फैमिली' केबिन थे। भास्कर उसे केबिन में ले गया। मोती के समीप सोफे पर बैठा।

"जगह नापसन्द तो नहीं?" भास्कर ने पूछा।

"बेहतर, शांत।" मोती मुस्करायी।

"प्रदर्शनी तो आज समाप्त है। अब भेंट का अवसर?"

"कल ग्यारह बजे वहाँ जाऊँगी। 'बसेरा' के दाम और दूसरे चित्र के लिये।"

भास्कर ने विवशता बतायी। उसे लोकसभा जाना था और पूछा—"कब, कैसे भेंट होगी?"

मोती ने गर्दन झुकाकर धीमे से कहा—"चाउ है तो राह भी।"

भास्कर का मन उमग उठा—"पर कब, कैसे?"

"आप दूसरे चित्र भी देखना चाहते हैं।" मोती सोचकर बोली, "आज घर पर बात करूँगी। शायद इस रविवार को हो सके। मिसेज को भी लाइयेगा।" वह मुस्करायी। मिसेज को साथ लाने का अनुरोध मोती ने प्रयोजन से किया था। तीन दिन में भास्कर की याद बार-बार आयी थी। भास्कर के कद-काठ, चेहरे-मोहरे, व्यवहार और अपने प्रति झुकाव ने उसे गहरे तक छू और खींच लिया था। भास्कर के प्रश्नों के उत्तर में संक्षेप में अपनी स्थिति बता दी थी, परन्तु उसके बारे में जानने की उत्सुकता भी थी।

मोती सात वर्ष से दाम्पत्य जीवन में थी। नियत राशन से पेट भर सकता है, मन नहीं। अनुभव से दाम्पत्य के निर्वाह और स्वतः आकर्षण की उमंग का अन्तर कैसे न जानती। विवाह उन्नीस की होते ही हो गया था, परन्तु उन्नीस से पूर्व लड़कियों के मन-मस्तिष्क आकर्षण और चाह के संवेदन से शून्य नहीं रहते। नवीं-दसवीं श्रेणी में पढ़ते समय ही उसे लड़के आकर्षक और अनाकर्षक लगने लगे थे और अपनी ओर उनकी नजरों की परख और चाह। आँखों के मेल का रस। इण्टर तक देहरादून में और दो वर्ष दिल्ली में बुआ के यहाँ रहकर गर्ल्स कालेज में पढ़ते समय आकर्षण का गर्व और आकर्षण के उग्र संवेदन का रस भी जाना। समय और परिस्थितियों के अनुसार तीन-चार बार उस गर्व और रस का मानसिक आनन्द लिया, परन्तु जोखिम की ओर क़दम बढ़ाने के दुस्साहस और मूर्खता से बचकर। पिता के सामर्थ्य, स्थिति और अपनी आकर्षकता के विश्वास से समय पर विवाह का पूरा भरोसा था। जानती थी, माता-पिता उस विषय में बेपरवाह नहीं थे।

बी०ए० की परीक्षा से कुछ पूर्व मिस्टर.....उसे देखने की रस्म पूरी करने आये थे। मोती उनके आगमन के प्रयोजन से परिचित थी। सम्बन्ध एक तरह से पूर्व निश्चित था। लज्जा और संकोच में उन्हें केवल कनखियों से देख सकी थी। अपने प्रभाव का भरोसा था। देखने आना केवल रीति मात्र। मिस्टर के प्रथम दर्शन से मन में कोई अदम्य लहर नहीं उठी थी, परन्तु जानती थी यही पति बनेंगे। निश्चित था। विवाह के पश्चात् आकृति, रूप और सौन्दर्य की पारखी और प्यासी उसकी आँखें

और मन यह कैसे मान लेते कि पति रूप में पाये नरपुंगव से अधिक आकर्षक अन्य पुरुषों का अस्तित्व नहीं है। परन्तु अपने वचन और कर्म से ऐसे आकर्षण का सन्देह न होने देने के लिये सतर्क थी।

मोती का एक रिश्ते से देवर आयकर विभाग में इंस्पेक्टर है। तीन वर्ष पूर्व उसकी बदली दिल्ली में हो गयी थी। मिस्टर ने भाई को सुविधा से मकान ढूँढ़ने का अवसर देने के लिये अपने यहाँ आश्रय दे दिया था। देवर आयु में मिस्टर····से तीन वर्ष छोटा है, परन्तु कद से बालिश्त भर ऊँचा, सुडौल; भास्कर जैसा ही। वर्ण अधिक गोरा, माथा इतना खुला नहीं। चेहरे पर वैसी पौरुष की कठोरता भी नहीं। मोती को उसका सामीप्य अच्छा लगा। उसकी नजरों में प्यास और सामीप्य की इच्छा से रस भी। भतीजे के लिये खिलौने और फल-मिठाई लाने की उदारता। मोती समझ रही थी। रस और आशंका दोनों की सिहरन। बात अधिक बढ़ने से पहले ही पति और सास के तेवर बदलने लगे। मोती सतर्क थी। तुरन्त सँभली जैसे अतिथि का बोझ और उसके कारण असुविधा सबसे अधिक उसी को ही थी। देवर ने स्थिति भाँपकर अन्यत्र प्रबन्ध कर लिया। मोती ने सांत्वना की साँस तो ली पर दाँतों से ओठ काटकर। अब भास्कर से परिचय और खिंचाव का झोंका अधिक प्रबल था! मोती की सतर्कता उसकी चेतन न रह सकी।

मिसेज को साथ लाने के सुझाव से भास्कर पल भर मौन रहा— "मिसेज तो नहीं है।" उसकी भौंवें उठ गयीं, "अकेला नहीं आ सकूँगा?"

"क्यों नहीं।" मोती मुस्करायी, "विवाह नहीं किया?"

"नहीं, न विचार ही है।"

"पर क्यों?" मोती की उत्सुकता बढ़ी।

"विवाह किससे किया जाये?" भास्कर बोला, "मैं मानूँ तो परिवार के लोग सप्ताह भर में ही ब्याह रचा सकते हैं, परन्तु किसी लड़की या युवती को जाने-पहचाने बिना जीवन भर के साथ का बन्धन गले में डाल लेने का साहस नहीं। और उसमें क्या तुक? यह प्रेम का साथ नहीं बन्धन का साथ मात्र होगा।"

"अक्सर यही होता है।" मोती ने सहानुभूति से कहा और मुस्करायी, "आप लव मैरेज कर लीजिये।"

"लव हो सकता है गूढ़ परिचय से।" भास्कर गम्भीर हो गया, "चार-छः बार की भेंट में कोई किसी को कितना पहचान सकता है?" दोनों की नजरें मिली थीं, "और कभी ऐसा भी हो सकता है कि एक ही साक्षात्कार में लगे कि पहचान लिया। मन बँध जाये, पुनः मिलने की व्याकुलता हो जाये।"

संकेत समझकर मोती का चेहरा गुलाबी हो गया। पलकें झुक गयीं।

"पर यह एक ही ओर ही तो व्यर्थ है, नहीं क्या?"

मोती ने कनखी से उसकी ओर देखा। मन उमग कर गले में आ गया था।

"बोलो!" भास्कर का स्वर अधीर था।

मोती ने उसकी ओर देखा—"हम भी तो हैं···शब्द कठिनता से फूट पाये। कुछ पल दोनों मौन रह गये।

मौन मोती ने तोड़ा—"इस रविवार चित्र देखने आ सकेंगे! घर में बात करूँ?"

"चित्र तो जरूर देखना चाहता हूँ," भास्कर ने स्वीकार किया, "घर पर भेंट में बातचीत की सुविधा रहेगी? कोई ऐसी ही जगह हो।"

"यहाँ भी आ सकती हूँ।"

"पर पहले मालूम हो सके। तुम्हारे यहाँ फोन है?" मोती के घर फोन न था। स्कूल से फोन कर सकने या सुन सकने में असुविधा थी।

"स्कूल में जब पीरियड खाली हो। शुक्र को अन्तिम पीरियड खाली रहता है। स्कूल यहाँ से दूर नहीं है। स्कूटर पर पाँच मिनट का रास्ता।"

"पर शुक्र किसी अकस्मात कारण से न आ सका। तुम्हें परेशानी होगी।"

"कोई बात नहीं।" मोती ने आश्वासन दिया, "तीन बजे स्कूल से चल सकती हूँ। नीचे बरामदे में प्रतीक्षा करूँगी। आप न आ सके, कोई बात नहीं।"

भास्कर गद्‌गद हो गया। उसने हाथ बढ़ा दिया—"मेरे लिये इतना कष्ट करेंगी, धन्यवाद।"

मोती सिमिट गयी, परन्तु मुस्कान और आँखों में अनुराग झलक आया।

"मेरे हाथ के स्पर्श से परहेज है।" भास्कर के स्वर में शिकायत थी।

मोती ने हाथ बढ़ा दिया। चेहरा और भी लाल। भास्कर कुछ और भी चाहता था, परन्तु मोती की झिझक की आशंका थी।

शुक्रवार भास्कर सवा तीन के लगभग रेस्तोराँ के सामने पहुँचा। कुछ दूर से ही मोती दिखायी दे गयी। वह समीप की दुकान के शो केस में खिलौने देख रही थी।

अपनी प्रतीक्षा में मोती को खड़े देख प्रसन्नता और संकोच भी अनुभव हुआ।

"मेरे अनुरोध पर आकर तुम्हें परेशान होना पड़ा।"

"अपने मन से दौड़ी आयी हूँ।" मोती मुस्करायी।

"यदि दौड़ने से इच्छा पूरी हो सके," भास्कर हँसा, "मैं तो नित्य दौड़ूँ।"

"मैं क्या नहीं चाहती पर मजबूरी।"

भास्कर ने सुझाया—"नीचे बरामदे में खड़ी रहने की क्या जरूरत। ऊपर आकर बैठ सकती हो। पाँच कैबिन हैं। किसी एक में तो जगह रहेगी ही। मैं आकर झाँक लूँगा। पहले आ गया तो प्रतीक्षा कर सकता हूँ।"

"आपको मिस्टर····का फोन नहीं आया? रविवार को चित्र दिखाने के लिये बुलाना चाहते हैं।" भास्कर को सन्देश न मिला था। मोती ने आश्वासन दिया, "शायद कल फोन करें।" भास्कर के फ्लैट और दफ्तर के फोन नम्बर कार्ड पर मौजूद थे।

साढ़े चार तक हेर-फेर से प्यार की बातें होती रहीं। चलते समय भास्कर की इच्छा से मोती ने हाथ भी मिलाया, पहले दिन की अपेक्षा कम झिझक से। भास्कर सन्तुष्ट था, परन्तु अधिक सन्तोष की इच्छा प्रबल।

शनिवार भास्कर को मिस्टर····का फोन मिला। वे अंग्रेजी में बोले—मिसेज····के चित्रों को प्रोत्साहनपूर्ण सराहना के लिये धन्यवाद दिया।

मिसेज के अन्य चित्र देखने की उत्सुकता के लिये आभार प्रकट किया। पूछा, रविवार किस समय सुविधा हो सकेगी। राजेन्द्र नगर में अपने मकान का पता बता दिया।

भास्कर ने पाँच बजे आ सकने के लिये कहा। उसे मिस्टर का स्वर और लहजा सम्भ्रम और आदरपूर्ण लगा। जैसे अपने से ऊँची स्थिति और आयु के व्यक्ति से बात कर रहा हो। मोती से उसके पति के विषय में कुछ सुना था। मिस्टर····को सुबह नौ बजे अपने सीनियर की कोठी पर जाना होता था। अदालत के बाद संध्या भी; अगले दिन के मुकदमों की तैयारी या कुछ मुसाहिबी के लिये। साढ़े सात-आठ कभी नौ तक घर लौट पाते। इतने तरद्दुद से महीने में सात-आठ सौ बना लेते। अनुमान किया—आठ-नौ वर्ष से वकालत का पेशा कर रहा है, आयु तीस-बत्तीस होगी। शायद अपने व्यवसाय में आत्मनिर्भर न हो सकने में आत्मविश्वास की न्यूनता। मोती की बातों में पति के लिये अनुराग और गौरव की अपेक्षा सहानुभूति की ही ध्वनि आज जान पड़ी थी। पति की उपस्थिति में मोती से भेंट के लिये क्या उत्साह होता। सोचा देखा जायेगा।

भास्कर अति उत्सुकता न दिखाने के लिये उनके यहाँ दस-पन्द्रह मिनट देर में पहुँचा। कमरे नीचे की मंजिल में हैं। एक दरवाजे पर···· एम०ए०, एल०एल०बी०, एडवोकेट की पटिया देखकर दस्तक दी। किवाड़ तुरन्त खुल गये। भास्कर नाम सुनते ही सूट पहने सज्जन ने विनीत मुस्कान से हाथ मिलाकर स्वागत किया। अभ्यर्थना से सोफा पर बैठाया। बैठक बड़ी न होने पर भी दिल्ली के साधारण आय भद्र वर्ग के मकानों जैसी। उसी में एक ओर खाने के लिये छोटी मेज। मिस्टर···· ने अपना परिचय दिया। इजाजत लेकर भीतर के दरवाजे की ओर बढ़कर पुकारा—"लेखू, कह दो मिस्टर भास्कर आ गये हैं।"

भास्कर का ध्यान मिस्टर के कपड़ों की ओर गया। सूट नया-नया सा। कालर-टाई खूब चुस्त। केश कंघी-ब्रुश से ताजे सँवारे हुए। बरात-पार्टी में जाने या फोटो खिंचवाने के लिये स्टूडियो जाने की तैयारी।

मोती ने आकर सविनय नमस्कार किया। साफ-सुथरी आकर्षक लग रही थी। मिस्टर ····भास्कर के समीप कुर्सी पर बैठे। मोती उसके सामने। मिस्टर बात करने लगे—"आपके दर्शन से बहुत प्रसन्नता हुई। आपकी टिप्पणी से मिसेज····को बहुत प्रोत्साहन मिला है। आपको कला की गहरी

परख है, टिप्पणी से ही स्पष्ट है। कला को बहुत कम लोग समझ पाते हैं। अक्सर लोग समझते कुछ नहीं; बस, जिसका नाम हो जाये। लोग अपने चहेतों के नाम उछालते हैं····कला का शौक तो बहुत ऊँचा है, परन्तु बहुत खर्चीला।····कलाकार को जमने में समय लगता है। खैर, यह बात तो सभी पेशों में है।''

भास्कर ने समर्थन किया—''जरूर, कला के क्षेत्र में कुछ अधिक।'' कनखियों से मोती की ओर देखा। वह नजरें बचाये थी।

मिस्टर कहते गये—''मेरी तो राय है, यह धैर्य से काफी चित्र बना लें और अपना 'वन मैन शो' करें। दूसरों के साथ चित्र रखने से दाम उसी स्तर पर रखने पड़ते हैं।''

''अभी आयी।'' मोती उठ गयी।

''हाँ, चाय मँगवा लो।'' मिस्टर ने पत्नी के अभिप्राय का समर्थन किया। भास्कर को शंका हुई—शायद पति की अत्युक्ति से झेंप अनुभव कर रही है। खयाल आया—फोन पर बात के समय मिस्टर के व्यक्तित्व के सम्बन्ध में उसका अनुमान बहुत गलत न था।

मिस्टर वर्तमान आर्थिक स्थिति में कला साधना में कठिनाइयों का जिक्र करने लगे—मध्यवित्त या सर्वसाधारण में कला रुचि को प्रोत्साहन दे सकने का सामर्थ्य और अवसर कहाँ। अब तो यह काम तो सरकार का है। पर सरकार में पहुँच चाहिये। असली कद्र तो विदेशी करते हैं। उनके पास साधन-रुपया है।···

मिस्टर की बातें रुचिकर न लगने पर भी भास्कर प्रकट में ध्यान से सुन रहा था। मन ही मन मिस्टर के व्यक्तित्व का जायजा ले रहा था—कद नीचा, लगभग मोती के बराबर। शरीर दुबला होने के कारण ठिगना न लग रहा था। कन्धे सिमटे और सीना दबा हुआ। बीस-बाईस की आयु के सुकुमार जैसा चेहरा। कल्लों और ठोड़ी पर हजामत की रगड़ का कर्रापन और श्यामलता नहीं, परन्तु दृष्टि और मुद्रा परिपक्व। भास्कर को व्यापार चित्र याद आ गया—इस आदमी का सीना लोभपूर्ण और डौले उभरे हुए नहीं हो सकते। मन कल्पना में भटककर नजर बैठक में लगे दो चित्रों की ओर चली गयी।

मिस्टर ने पूछ लिया—''इन चित्रों के बारे में आपका क्या ख्याल है?''

"बहुत सुन्दर!" भास्कर ने सराहना की।

"अनुमान था, आपको अच्छे लगेंगे।" मिस्टर ने विज्ञ की तरह समर्थन किया, "आपकी परख गहरी है।"

एक चित्र में राजस्थानी ग्रामीण युवती, सड़क किनारे रोड़ी के ढेर पर बैठी हथौड़े से रोड़ी तोड़ती हुई। रोड़ी तोड़ने के लिये बाँह उठाने से युवती का चदरा सिर से खिसककर कन्धों पर अटका हुआ और उस मुद्रा में अंगिया में से उभरे हुए सीने। दूसरे चित्र में एक खण्डहर दीवार के समीप; खजूर के वृक्ष के पूरे तने पर लिपटी चटक नारंगी फूलों की (टिकोमा) बेल। "बहुत खूब!" भास्कर ने पुनः सराहना की।

"ऐसी चीजों की कद्र विदेशी ही कर सकते हैं।" मिस्टर खेद के स्वर में बोले, "ऐसे चित्रों के लिये कितना श्रम और समय चाहिये।"

मोती आयी तो उसके दोनों हाथों में प्लेटों थीं, मिठाई और फलों से भरी। उसके पीछे छोकरा नौकर चाय की ट्रे लिये।

भास्कर हँसा—"मैं तो चित्र देखने के लिये ही आया हूँ। इस तकल्लुफ की क्या जरूरत थी?"

"चित्र भी देखियेगा।" मोती ने भास्कर की ओर देख लिया।

चाय के दौरान अधिकतम मिस्टर ही बोलते रहे—"धैर्य से पर्याप्त मतलब है लगभग सौ चित्र बनाकर 'वन मैन शो' का परामर्श।····ज्यों-ज्यों चित्रकार का नाम चमकता है, उसके चित्रों की कीमत एक से दस और सौ।·····इनके जो चित्र लोगों ने स्वयं खरीदे हैं, प्रदर्शनी से कहीं अधिक दाम दिये हैं—है न!" उन्होंने समर्थन के लिये पत्नी की ओर देखा।

मोती ने उत्तर दिया, नजर बचाकर—"जी····आप कुछ लीजिये···लिया ही नहीं।" भास्कर ने उसके प्रति सहानुभूति अनुभव की।

चाय समाप्त होने पर मिस्टर ने सिगरेट पेश किया।

मोती ने खाने की मेज के साथ लगी सीधी पीठ की एक कुर्सी घुमा दी। नौकर भीतर से दो-दो चित्र लाकर फर्श पर दीवार के साथ रखता गया। वह स्वयं चित्रों को, एक के बाद एक भास्कर के सामने कुर्सी की पीठ के सहारे टिकाती गयी।

भास्कर प्रत्येक चित्र को मिनट-दो मिनट एकटक देखकर सराहना करता। कुल ग्यारह चित्र थे। अधिकांश पहाड़ी प्राकृतिक दृश्यों या खेत,

सड़क के। दो चित्रों की भास्कर ने अधिक प्रशंसा की। एक चित्र में सात-आठ बरस की ग्रामीण बालिका बहुत बड़े बैल को नकेल से खींचकर ले जाती हुई। दूसरा चित्र था सांकेतिक, गिरे हुए खंडहर की दीवार का अंश, दैत्याकार बलिष्ठ नर के धड़ का आभास। उसे पुनः व्यायाम चित्र की याद आ गयी।

भास्कर ने दूरारा सिगरेट सुलगा दिया। दीवार पर लगे दोनों चित्रों को पुनः ध्यान से देखा। खजूर पर लिपट टिकोमा की ओर संकेत किया—"उसका क्या मूल्य होना चाहिये?"

"आप अपने आफिस के लिये लेंगे!" मिस्टर ने पूछा।

"नहीं, अपने लिये।" भास्कर ने उत्तर दिया।

मिस्टर ने पत्नी की ओर देखा—"क्या कहती हो?"

मोती ने नजर बचा ली—"पान ले आऊँ।" वह भीतर चली गयी।

मिस्टर ने संकोच प्रकट किया—"आपसे मोल-तोल क्या। यह चित्र प्रदर्शनी में नहीं ले जाने दिया कि किसी खास अवसर के लिये रहे। खैर प्रदर्शनी में वह तीन सौ में गया है। यह उससे बढ़कर है। आप जो उचित समझें।"

भास्कर ने रोडी तोड़ती युवती के चित्र के लिये पूछा—"और वह?"

"मोल-तोल क्या," मिस्टर हँस दिये, "उतना ही समझ लीजिये।" भास्कर सिगरेट के कश लेता दोनों चित्रों को बार-बार देखता रहा।

मोती तश्तरी में पान लेकर लौटी। बैठक में कदम रखते ही सुना—"आप दोनों चित्र चाहते हैं?" मिस्टर ने पूछा था।

"दोनों नहीं, एक।" भास्कर ने धुआँ छोड़ते हुए उत्तर दिया, "सोच रहा हूँ, दोनों में से कौन।"

मोती ने पान की तश्तरी भास्कर और पति के बीच तिपाई पर रख दी। बैठी तो नजर बचाये थी।

मिस्टर ने पत्नी की ओर देखा—"आप इन दोनों में से एक चित्र खरीदना चाहते हैं। मैंने तीन सौ कह दिया है। ठीक है, इन पर तुम्हारा बहुत समय लगा था। बेचना नहीं चाहती थीं इसीलिये पिछले साल भी प्रदर्शनी में नहीं भेजे। खैर, आपकी बात दूसरी है। कद्रदान के सन्तोष से भी सन्तोष होता है। क्यों?"

मोती दृष्टि बचाये रही—"आप जो ठीक समझें।" स्वर में प्रसन्नता नहीं थी।

"आप इन्हें रखना चाहते हैं तो मैं छीनकर नहीं ले जाना चाहता।" भास्कर ने मुस्कराकर क्षमा सी माँगी।

"नहीं-नहीं!" मिस्टर तुरन्त बोले, "ऐसी क्या बात है। आपको जो पसन्द हो ले जा सकते हैं। मिसेज को प्रोत्साहन मिलेगा और बनायेंगी।" मोती की ओर घूम गये, "आपको जो चित्र पसन्द हो अच्छी तरह से पैक करा दो।"

मोती पलकें झुकाये निश्चल रही।

"अभी कष्ट न करें।" भास्कर ने कहा, "दोनों में से चुन लूँ। किसी दिन या अगले रविवार इसी समय आकर ले जाऊँगा। इस समय साथ ले जाने में सुविधा न होगी। अब अनुमति दीजिये।" वह उठने के लिये तैयार हो गया।

मिस्टर ने एक सिगरेट और पेश किया। दोनों ओर से धन्यवाद की बातें। मिस्टर और मोती भास्कर को सड़क पर टैक्सी-स्कूटर के अड्डे तक पहुँचाने गये।

लौटते समय भास्कर की कल्पना में मोती थी और उसकी छाया में मिस्टर के व्यक्तित्व और व्यवहार का बिम्ब भी। रात बिस्तर में जाने पर मोती की याद आयी और उसकी छाया में मिस्टर के व्यक्तित्व और व्यवहार की भी। मन ने संगति इच्छा की उत्तेजना के बजाय मोती के प्रति सहानुभूति और कुछ करुणा अनुभव की। पति जैसे शरीर से छोटा है वैसे ही मन से भी ओछा। बेचारी के परिवार द्वारा बेटी के लिये समय पर एक मर्द की व्यवस्था कर देने का परिणाम!····ऐसे मर्द से क्या सन्तोष पाती होगी? ····उसके ओछेपन से अपनी झेंप को छिपाना पड़ रहा था। पति का किशोरों जैसा अपूर्ण शरीर, पसलियाँ झलकाता निर्लोम सीना मोती की कल्पना का सुपुरुष नहीं हो सकता। ऐसी संगति से क्या स्फूर्ति और तुष्टि पाती होगी। बेचारी के साथ कितना अन्याय ····उसे सन्तुष्ट-प्रसन्न कर सकने के लिये प्यार उमड़ पड़ा।

शुक्रवार मोती से भेंट के लिये उत्कट उत्सुक था। तीसरे पहर रेस्तोराँ पहुँचने में दो-चार मिनट विलम्ब हो गया था। सीधा ऊपर के भाग में गया। कनखी से पाँचों केबिनों में झाँका। केवल एक केबिन में स्त्री-पुरुष

दो बच्चों के साथ खा-पी रहे थे। बैठकर प्रतीक्षा करने के बजाय उत्सुकता में नीचे उतर आया। रेस्तोराँ के दरवाजे से बाहर आ रहा था, सामने मोती स्कूटर से उतरती दिखायी दी।

मोती ने उसे रेस्तोराँ से बाहर आते देखा। अपनी प्रतीक्षा में उसकी व्याकुलता से मोती का प्यार और गर्व उमग उठे। अनुराग भरी दृष्टि से आभार प्रकट किया। दोनों ऊपर गये। समीप बैठते ही मोती ने खेद प्रकट किया—''जरा देर से चल सकी। मेरी वजह से तुम्हें परेशानी हुई।''

''वजह तो अपना प्यार है, तुम्हारे लिये।'' भास्कर मुस्कराया और उसकी ओर हाथ बढ़ा दिया।

मोती आँखों से उल्लास प्रकट करके भी झिझकी।

''इधर प्यार में पागलपन और तुम्हारी यह झिझक।'' भास्कर ने शिकायत की।

मोती ने संकोच से हाथ बढ़ा दिया—''क्या मैं नहीं दौड़ती आयी?'' आँखें गुलाबी।

भास्कर ने धन्यवाद दिया—''परन्तु मेरे मन-कल्पना तो दिन-रात में जाने कितनी बार तुम्हारी ओर दौड़ते हैं।''

''हम भी तो दिन-रात सिमरते हैं।'' मोती बराबरी में बोली।

भास्कर का मन प्यार के लिये उछल रहा था, परन्तु बैरे के लिये घण्टी दबा चुका था। जाने किस क्षण आ जाये।

''हम···आपसे नहीं बोलेंगे।'' मोती ने शिकायत में हाथ खींच लेना चाहा।

''आप नहीं, तुम ही कहो। अच्छा लगता है।'' भास्कर बोला, ''क्या नाराजगी हो गयी?''

''चित्र के दाम और खरीदने की बात क्यों की?''

''अपने कमरे में रखूँगा।'' भास्कर मुस्कराया, ''तुम्हारी उपस्थिति अनुभव करने के लिये।''

बैरा आर्डर लेने आ गया था। उसके लौटने पर मोती बोली—''तो वहाँ कहने की, दाम की बात की क्या जरूरत थी? हमसे कह देते। हम और बना देते या वही ला देते।'' स्वर में मान, ''दूसरे सम्बन्धियों-मित्रों को नहीं दे दिये कई?''

"दाम की बात भूल जाओ। मैं उसे भेंट ही समझूँगा, तुम्हारे हाथ की चीज।"

"यह तो हमें खल गया।"

"उतावली के लिये क्षमा नहीं कर सकतीं?"

"ऊहूँ" पर ओठों और आँखों में मुस्कान छलक आयी।

"तो सजा दे दो।"

"कैसी सजा?"

"जैसी प्यार में दी जानी चाहिये।"

"हम तो दे भी चुके।"

बात उधर न मुड़ी जैसे भास्कर चाहता था फिर भी पूछा—"बताओ तो क्या सजा दी?"

"गुस्से में खूब रोयी।" मोती ने कटाक्ष से कहा।

"मोती को चूम सकने का प्रसंग न उठ सका फिर भी उत्तर से मन गद्‌गद हो गया।

"बताओ अच्छा, दोनों में से कौन चित्र ले आयें!" भास्कर ने पूछा।

"जो अच्छा लगे।"

"अच्छे तो दोनों हैं।" भास्कर सोचने लगा, "रोड़ी तोड़ने वाली का।"

"उसमें क्या अच्छा लगा?"

"वही····" भास्कर झिझका, "जो तुममें।"

"क्या?" मोती की भौंवें कौतूहल में उठ गयीं।

"अपने आकर्षण से बेखबरी।"

मोती कटाक्ष से मुस्करायी—"तो वही, उसी को ले लो।"

"न" भास्कर ने गर्दन हिलायी, "उसमें तुम्हारा रूप-रंग नहीं।"

"हम तो साथ बैठे हैं।"

"कितनी देर के लिये?····सदा सामने चाहिये।"

मोती ने नजर मिलाकर निश्वास लिया।

"खजूर पर टिकोमा वाला ले लें!"

''उसमें क्या अच्छा लगा?''

''उसमें संकेत है।''

''क्या?''

''खजूर जैसे रूखे कुरूप पेड़ को इतनी सुन्दर बेल का आलिंगन। बेल तुम्हारा प्रतीक है।''

''खजूर क्या कम सुन्दर होता है?'' मोती ने आपत्ति की, ''सहारे के बिना बेल की क्या औकात! धरती पर पड़ी रुन्द जाये।'' हँस दी।

रात भास्कर को मोती की याद आ जाती। मामी और मिस के सुलभ स्थूल शरीरों की अपेक्षा उसके सकुचाये हाथ का स्पर्श दुर्लभ प्यार का प्रतीक अदम्य उन्मादक। उसे तन-मन से पा सकने की आशा के मधुर स्वप्न।

रविवार संध्या भास्कर चित्र लेने राजेन्द्र नगर गया। मिस्टर ने निकट परिचित की भाँति स्वागत किया। पत्नी को चाय लाने का सुझाव। मोती चाय लाने भीतर गयी तो भास्कर ने लिफाफे में रखे तीन सौ के नोट ससंकोच मिस्टर की ओर बढ़ा दिये।

''आपने कौन चित्र पसन्द किया?''

''दोनों अच्छे हैं।'' भास्कर दुविधा में बोला, ''यह निर्णय चित्रकार पर रहा जिसे कह दे।''

चाय समाप्त होने पर भास्कर ने विदा की अनुमति चाही।

मिस्टर ने पत्नी की ओर देखा—''मिस्टर भास्कर चाहते हैं, तुम स्वयं बता दो दोनों में से कौन चित्र लें। एक चुन दो।''

मोती ने दोनों चित्रों की ओर देखा। 'खजूर पर टिकोमा' की ओर संकेत कर दिया। मिस्टर के आदेश से छोकरे ने चित्र उतारा। मोती चित्र को भीतर ले गयी।

मोती चित्र को अच्छे कागज में लपेट लाल रिबन की सुघड़ गाँठ से बाँधकर लायी। बीच में बैठे मिस्टर ने चित्र लेकर भास्कर को देने के प्रयोजन से हाथ बढ़ाया। मोती की दृष्टि उनके हाथ की ओर नहीं गयी। चित्र को दोनों हाथों में लिये थी। भास्कर की ओर बढ़ा दिया, गर्दन आदर के संकेत में कुछ झुक गयी थी।

तीसरे पहर, विशेषतः शुक्र के दिन भास्कर को अधिक काम रहता था। मोती निराश और परेशान न हो इस चिन्ता में जैसे-तैसे रेस्तोराँ पहुँचा कुछ विलम्ब से। ऊपर जाकर देखा मोती एक केबिन में थी। समय काटने के लिये आइसक्रीम मँगवा ली थी। बैरा केबिन के समीप ही था। भास्कर ने उसे कॉफी के लिये कह दिया। सोफे पर मोती के साथ बैठ विलम्ब के लिये खेद प्रकट किया और उसके हाथ के लिये हाथ बढ़ा दिया। मोती ने हाथ दे दिया—"आ गये, निराशा तो नहीं हुई।" मुस्करायी। भास्कर ने उसका हाथ उठाकर चूम लिया।

"हाय!" मोती सिहर उठी, हाथ खींच लिया।

"बहुत प्यार आ गया था। तुम्हें क्यों नहीं आता?"

"तुम्हें अब आया, हमें तो हरदम आता रहता है पर मजबूरी····· उसकी नजर केबिन के दरवाजे पर लगे पर्दे की ओर उठ गयी।

"सुविधा से बैठ सकने के लिये स्थान का प्रबन्ध होना चाहिये।" भास्कर का स्वर गहरा हो गया। मोती लाज से मुस्करा दी।

अगली भेंट में भी भास्कर कुछ समय मोती का पसीजता हाथ अपने हाथ में दबाये रहा। मोती के झिझकने पर भी हाथ चूम लिया। उमंग में कभी उसकी कोहनी, कभी कन्धा या घुटना मोती से छू जाते। मोती कातरता से सिमिटकर प्यार से मुस्करा देती। उसका यह संकोच भास्कर को और भी मोहक और उत्तेजक लगता। दमन से उत्तेजना और मार्मिक हो जाती।

मोती शुक्रवार तीसरे पहर भास्कर की व्यस्तता जान गयी थी। तीसरे शुक्र उसने बताया—अगले सोमवार से कालेज में परीक्षा तैयारी की छुट्टी है पर वह लड़कियों को सलाह-सहायता देने कालेज जाती रहेगी। दो सप्ताह दोपहर बाद किसी भी दिन आ सकेगी। भास्कर को मंगल और शनि तीन बजे के बाद अधिक काम न रहता था। उसने दोनों दिन आने का अनुरोध किया।

मंगल के रेस्तोराँ में काफी देर बैठे रहे। प्यार-आकर्षण की सांकेतिक अभिव्यक्तियाँ। उत्तेजना में भास्कर का मोती को स्पर्श करने का प्रयत्न। मोती का संकोच और आतंक से सिमिटना, परन्तु गद्गद दृष्टि से छलकती अनुमति।

"हम तो प्यार में उफन उठते हैं।" भास्कर ने शिकायत की, "तुम ठण्डी ही बनी रहती हो।"

"वाह, हम तो भाप ही बन जाते हैं।" मोती हँस दी।

भास्कर पहले आइसक्रीम फिर कॉफी मँगवा चुका था। केबिन में घण्टे भर से अधिक बैठ चुके थे। कितनी देर बैठे रह सकते थे। "तुम्हें राजेन्द्र नगर पहुँचा आऊँ?" मोती खिल उठी।

रेस्तोराँ से निकले तो मार्च के अन्त की तेज हवा थी। कुछ ही कदम पर एक स्कूटर रिक्शा भास्कर के संकेत पर रुक गया। मोती को पहले बैठने का संकेत किया। वह रिक्शा में कदम रख रही थी कि हवा के बहुत जोर के झोंके से साड़ी उठकर पिंडली कुछ ऊपर तक झलक गयी—सुडौल गोरी पिंडली, महीन रोयें की सुनहली झलक। सम्मोहन की गहरी कौंध से भास्कर के स्नायु झनक गये। ऊँची स्लीव के नीचे मोती की गोरी उघड़ी बाँहें आकर्षण लगती ही थीं, परन्तु सदा ढँकी रहने वाली पिंडली उससे कहीं अधिक उजली और आकर्षक लगी। समीप बैठने पर उसकी बाँह मोती के लिये थिरक उठी। यत्न से मन को वश में किये था।

स्कूटर कनाट प्लेस से कुछ आगे बढ़ा। सड़क किनारे बहुत बड़ा विज्ञापन सामने आ गया—'डाक्टर से सलाह लीजिये' लेडी डाक्टर का चित्र। परिवार नियोजन का परामर्श।

भास्कर ने विज्ञापन की ओर संकेत किया—"यदि इसके लिये अच्छा पोस्टर बना सको तो विभाग दो-तीन हजार तक दे सकता है। वहाँ कुछ परिचय है।"

"सोचूँगी।"

"भास्कर उसके कान की ओर झुक गया—"क्या सोचोगी, पोस्टर के लिये या डाक्टर से राय लेने के लिये?"

मोती का चेहरा गुलाबी हो गया—"पोस्टर के लिये।"

"खुद राय नहीं लोगी?"

"ले चुके।"

"क्या सलाह दी?"

"जो हम चाहते थे।"

"यानी?" भास्कर ने उत्सुकता प्रकट की।

"एक लड़का काफी, बस।" मोती ने लज्जा से पलकें झुका लीं।

"कौन उपाय?" भास्कर ने रहस्य में भाग लेना चाहा।

"उससे मर्दों को मतलब!" मोती ने हँसी छिपाने के लिये ओठ दबा गर्दन झुका ली।

"गुड गर्ल।" वह किलक उठा, "झंझट-जोखिम से निश्चिन्त!" भास्कर ने उत्सुकता से पूछा।

"हूँ।" मोती ने होंठ दबा लिये। चेहरा अधिक गुलाबी हो गया।

"लाइन क्लियर।" भास्कर ने उत्साह से उसका घुटना छू लिया।

मोती संकोच से सिमटी और प्यार से गाली दे दी—"बेशरम!"

भास्कर का अन्तरतम तक उमंग उठा। मोती का लज्जा और प्यार से तमतमाया चेहरा और प्यार की गाली बार-बार मन में रस घोलती रही। उस गाली में प्यार की कसमों से कहीं अधिक रस था।

× × ×

शनिवार भास्कर बहुत उमंग से रेस्तोराँ गया, बहुत कुछ कहने की कल्पना लिये। केबिनों में नजर डाली। मोती न आयी थी। नीचे उतर आया। प्रतीक्षा में रेस्तोराँ के आसपास दुकानों के शो केसों पर नजर डालता घूमता रहा। ऊब गया तो ऊपर जाकर आइसक्रीम मँगवा ली। प्रतीक्षा के लिये कॉफी भी मँगवानी पड़ी। आइसक्रीम और कॉफी अच्छे नहीं लगे। चालीस मिनट तक भी मोती न आयी। मन उदास हो गया। सोचा—कोई विवशता हो गयी होगी। दफ्तर लौट गया। कुछ मामूली सा काम शेष था। सोचा, निबटा दे। कुछ निजी काम भी था। रविवार के बजाय आज साँझ ही कर सकेगा।

वह गर्दन लटकाये कोरीडोर से अपनी मेज की ओर जा रहा था। पुनैया के कमरे से पुकार सुनी। ठिठककर उस ओर मुड़ गया।

"बेटे किस चक्कर में हो, कुछ परेशानी है?" पुनैया ने उसकी ओर घूमकर पूछा।

"नहीं गुरु, सब ठीक है।"

"कई दिन से कुछ खोये-खोये से लगते हो, क्या बात है?"

"नहीं गुरु।" भास्कर सामने की कुर्सी पर बैठ गया।

"किसी छोकरी-वोकरी के चक्कर में हो?" पुनैया ने स्वर धीमा किया।

"छोकरी कहाँ रखी है गुरु!" भास्कर हँस दिया।

"तुम्हें चाहिये?"

"अच्छी आकर्षक छोकरी कौन नहीं चाहता?" भास्कर ने दिलेरी दिखायी।

"हूँ।...कब तक फुर्सत हो जायेगी?"

"आज चमन की ड्यूटी है। पाँच बज रहे हैं। घण्टे भर बाद फुर्सत ही है।"

"बाद में कहीं जा रहे हो?"

"खास कहीं नहीं। वक्त काटने के लिये कहीं भी।"

"तो आज हमारे यहाँ आओ। खुद भी बोर हो रहा हूँ। बहुत दिनों से साथ नहीं बैठे। फिर साथ चलेंगे। शायद तुम्हें छोकरी भी मिल जाये। कोशिश करूँगा। तुम आठ-साढ़े आठ तक जरूर आ जाना।"

भास्कर को पुनैया की संगति में किसी पार्टी या कहीं जाने में संकोच न था। संध्या तफरीह का आश्वासन मिल गया।

पुनैया के यहाँ भास्कर साढ़े आठ से कुछ पहले ही पहुँचा। पुनैया अपनी बैठक में सोफा पर अधलेटा सिगार सुलगाये उसकी प्रतीक्षा में था। भास्कर के आते ही उसने नौकर को पुकार लिया—"लाओ।"

नौकर ने तुरन्त स्काच ह्विस्की, गिलास, बरफ-सोडा तिपायी पर रख दिये। "डालो," पुनैया ने भास्कर की ओर देखा, "मुझे कम ही देना। वहाँ भी दो-एक पेग लेने पड़ जायेंगे। छोकरियों के साथ ज्यादा मजा आता है, ह्विस्की चाहे जैसी हो।"

"निस्सन्देह।" भास्कर ने दोनों गिलासों में पेग से कुछ कम डाला। पुनैया का नौकर जानता था भास्कर आ रहा है। उसका शौक भी जानता था। उसके लिये एक मसाला दोशा ले आया।

पुनैया ने कलाई पर समय देखा—"चलना चाहिये। नौ बजे तक पहुँच जाने के लिये कह दिया है।" उसने गिलास समाप्त कर दिया, "बुढ़िया तो देसी ह्विस्की ही देगी। सवा सौ की स्काच ईमान की कमाई

पर कौन खरीद सकता है! खुश हो जायेगी बुढ़िया।'' स्वगत बोला। भीतर से कमरे से जानीवाकर की एक बोतल लाकर ब्रीफकेस में रख ली। भास्कर को अनुमान हुआ, किसी अनऔपचारिक जगह ले जा रहा है।

पुनैया सुन्दर नगर पहुँचा। गाड़ी एक छोटे, नये ढंग के मकान के सामने खड़ी कर दी। दरवाजे पर घंटी का बटन दबाया। दरवाजा आधा खुला तो एक प्रौढ़ा ने झाँका। उल्लास की मुस्कान से पुनैया से हाथ मिलाया—''मुद्दतों के बाद दिखायी दिये।'' अंग्रेजी में बोली।

प्रौढ़ा ने आगन्तुकों को कोरीडोर में कर किवाड़ बन्द कर लिये। पुनैया ने भास्कर से परिचय कराया—''मेरा सहयोगी और अभिन्न मित्र। आंटी नाडिया।''

आंटी ने मुस्कान से हाथ बढ़ा दिया—''मित्र के मित्र का दूना स्वागत।'' दोनों को बैठक में ले गयी। छोटी सुथरी बैठक, एक हलका सोफा सेट और दो हल्की कुर्सियाँ। बीच में छोटी-नीची मेज पर एक अंग्रेजी साप्ताहिक का शब्द पहेली का खुला पृष्ठ। पेन्सिल और पेन्सिल से लिखे दो-तीन कागज। सोफे पर एक युवती और खूब जवान लड़की शब्द-पहेली को एक साथ देखने के लिये कंधे सटाये। आगन्तुकों के स्वागत में दोनों मुस्करायीं। पुनैया ने युवती की ओर हाथ बढ़ा दिया—''हल्लो पम्मी!'' और भास्कर से परिचय कराया।

पम्मी ने अपनी छोटी सहेली का परिचय दिया—''मेरी सखी मोना।''

पम्मी अनुमानतः अट्ठाइस-तीस की। सलोना, गेहुँआ कोमल चेहरा। बड़ा-सा जूड़ा। रेशमी आसमानी ब्लाउज-साड़ी। मोना तेइस की। ब्लाउज और स्कर्ट। ब्लाउज से अँगिया की चोंचें उभरी हुईं। केश पौनी कट। चेहरा लाल गंदमी, महीन भौंवें, चटकीले ओठ।

पुनैया ने साप्ताहिक की ओर संकेत किया—''पहेली पूरी हो गयी?''

''तुम्हारी मदद से हो जायेगी।'' पम्मी मुस्करायी।

''न! यह चरखा अपने बस का नहीं।'' पुनैया ने गर्दन हिला दी।

''अरे इन लड़कियों के चोंचले हैं।'' आंटी ने परेशानी प्रकट की, ''मुझे तो शब्द पहेलियों से चक्कर आ जाता है। छोड़ो इसे। हाँ, कुछ

ह्विस्की लोगे? तुम्हारे लिये प्रॉन बनवाये हैं।'' पुनैया को सम्बोधन किया।

''प्रॉन! वाह, जरूर लेंगे।'' पुनैया उत्साह से बोला।

''एक मिनट में आती हूँ।'' आंटी उठ गयी। पुनैया ने ब्रीफकेस से विलायती ह्विस्की की बोतल निकालकर मेज पर रख दी। आंटी की आँखें चढ़ गयीं। गहरा निश्वास नाभी से उठ आया। उल्लास वश न कर सकने के कारण फिर बैठ गयी, ''पुनैया, तुम तो रत्न हो, रत्न!''

भास्कर ने कनखियों से देखा—विलायती ह्विस्की देखकर युवतियों की आँखें भी चमक गयीं। पुनैया उनके उलास से प्रसन्न था।

आंटी ह्विस्की को सीने से लगाये उठी—''अच्छा, मैं भीतर से लगाकर लाती हूँ। ओ पम्मी डियर, तू जरा मेरी मदद कर।''

आंटी ने मोना की ओर देखा—''डार्लिंग, तब तक तिपाई पर से कागज-वागज समेट दे। और देख, रिकार्ड प्लेयर पर कोई अच्छी सी ट्यून लगा दे।''

आंटी और पम्मी भीतर चली गयीं। मोना मेज के कागज कोने में शेल्फ पर सहेजने लगी। भास्कर की नजर तंग स्कर्ट में खूब पुष्ट गठे हुए कूल्हों और उघड़ी सुडौल पिंडलियों पर पड़ी। पिंडलियाँ ऊँची एड़ी के सैंडलों पर तनकर खूब उभरी हुईं। अकस्मात दिख गयी मोती की पिंडली की स्मृति कौंध गयी। सामने सुडौल उघड़ी पिंडलियों की अपेक्षा सदा ढँकी रहने वाली, अकस्मात दिख गयी चिकनी-गोरी पिंडली उतनी उभरी न होने पर भी कहीं अधिक मोहक लगी थी। उसकी तुलना में उघड़ी सुडौल पिंडलियाँ नीरस।

मोना ने घूमकर पूछा—''क्या सुनना पसन्द करेंगे?''

''कुछ भी।'' पुनैया ने कह दिया। मोना उनकी ओर पीठ किये रिकार्ड चुनने लगी। पुनैया ने भास्कर की ओर सरक कर मोना की ओर कटाक्ष से कान में पूछा—''कैसी है छोकरी?''

''करारी पट्ठी है।'' भास्कर मुस्कराकर फुसफुसाया।

''ठीक है। पम्मी मेरी पुरानी सहेली है।'' पुनैया ने उसके कान में कहा, ''आंटी को फोन पर कह दिया था—पट्ठे के लिए पट्ठी चाहिये।''

भास्कर सकपकाया। अनिच्छा प्रकट करने के लिये पुनैया की ओर झुका। तब तक मोना घूमकर मुस्करायी—"यह ट्यून पसन्द है?" उसने रिकार्ड लगाकर गायक का नाम और धुन बताये।

"बहुत बढ़िया, बहुत सुन्दर!" पुनैया ने सराहना की।

मोना उनके समीप आ गयी—"आंटी को यह बहुत पसन्द है।" कहकर भास्कर के समीप कुर्सी पर बैठ गयी। तब तक आंटी आ गयी। उसके साथ पम्मी एक ट्रे में पाँच गिलासों में ह्विस्की लिये। उनके पीछे नौकरानी ट्रे में सोडा, बरफ और प्लेट में प्रॉन लिये। भास्कर कुछ कह न सका।

पम्मी ने आगन्तुकों की इच्छा अनुसार ह्विस्की में सोडा-बरफ डाले। पुनैया के प्रस्ताव पर सबने गिलास आपस में खनकाये—"हम सबके स्वास्थ्य, प्रसन्नता और चिरस्थायी मैत्री के लिये।"

आंटी ने ह्विस्की का अच्छा घूँट भरकर सराहना की—"ह्विस्की तो स्कॉच! देसी तो ह्विस्की के नाम पर सिरका बेचते हैं। और कीमत, माई गॉड! कहाँ स्काच सात-आठ में मिलती थी, अब देसी सिरका तीस-पैंतीस में। डियर, जानीवाकर तो बाजार में डेढ़ सौ में भी मुश्किल। कभी तुम्हारी मेहरबानी से चख लेते हैं वर्ना तो यह चोरबाजार वालों के लिये हो गयी; भले लोगों के बस की कहाँ!"

ह्विस्की के घूँट से आंटी की जबान की चाबी लग जाती है। पम्मी की ओर देखा—"डियर, लड़कों को सिगरेट तो दे।" शेल्फ की ओर इशारा किया।

"यह है सिगरेट।" पुनैया ने जेब से अमरीकन सिगरेट का पैकेट आंटी के सामने कर दिया। आंटी सिगरेट सुलगाकर उसकी गन्ध और स्वाद की सराहना करने लगीं—"विदेशी माल की आयात पर इतना टैक्स देसी पूँजीपतियों को लूट का मौका देने के लिये है और कुछ नहीं। जब तक बाजार में विदेशी माल से मुकाबला नहीं पड़ेगा, यह बेईमान न बेहतर चीज बनायेंगे न दाम गिरायेंगे।"

आंटी बोलती चली गयीं—"तुम जर्नलिस्ट लोग कैरो, लन्दन, अमरीका, रूस की राजनीति की बातें करते हो, यहाँ खुद दिल्ली में गरीब लुटे जा रहे हैं, उसकी कुछ परवाह नहीं। अब तक स्कूटर कनाट प्लेस से यहाँ के अस्सी-नब्बे पैसे लेता था आज माँग लिये एक सौ बीस!

एतराज करो तो उलटा धमकाते हैं—मीटर देख लो। गरीब की मार है। वियन-शराफत कहीं रह नहीं गये। छोटे लोगों का मिजाज तो···। तुम्हें जरूर लिखना चाहिये।''

''छोड़ो आंटी, किस-किस के धोखे की शिकायत करोगी।'' पुनैया ने उसे शांत किया, ''सुना है तुमने····'' उसने एक खुला हुआ लतीफा सुना दिया।

आंटी ने सराहना में कहकहा लगाया—''ओह, यू आर ब्रिल्लिएंट!'' पम्मी और मोना भी हँसी और संकोच के नाट्य से, पुनैया और भास्कर की ओर कनखियों से देखकर।

पुनैया और आंटी के गिलास जल्दी समाप्त हो गये। आंटी ने एक ओर पेग का प्रस्ताव किया। पुनैया ने स्वीकार किया। पुनैया के अनुरोध पर लड़कियों ने भी गिलास समाप्त कर दिये। आंटी ने कमर से चाभी का गुच्छा निकाल पम्मी की ओर बढ़ा दिया—''बेटियो, जाओ एक-एक और बना लाओ।'' पम्मी और मोना ने ट्रे में गिलास समेटे और दोनों भीतर चली गयीं।

भास्कर पुनैया से बात करना चाहता था, परन्तु आंटी फिर पुनैया को किरायेदारों पर मकान मालिकों के जुल्म की शिकायत सुनाने लगी थी। पुनैया ने करवट से ही पेंट की जेब से कुछ नोट निकाले। हाथ बढ़ाकर आंटी की मुट्ठी में थमा दिये।

''थैंक्स'' आंटी मुस्करा दी। नोट मुट्ठी में दबाये रही।

भास्कर पुनैया को सुनने का संकेत करना चाहता था, परन्तु वह आंटी की ओर सरक गया—''इस ड्रिंक के बाद पम्मी को ले जाऊँगा। साढ़े बारह-एक तक पहुँचा दूँगा। मेरा दोस्त चाहे यहाँ ठहर जाये या टैक्सी मँगवा देना।''

''जैसे वह चाहे, उसका घर है।'' आंटी आश्वासन के लिये मुस्करा दी।

भास्कर ने पुनैया की ओर झुककर सुनने का इशारा किया—''परन्तु मैं····।''

''तुम फिक्र मत करो।'' पुनैया ने टोक दिया, ''मैंने दे दिया है। यहाँ कमरा है। चाहोगे तो टैक्सी मँगवा देगी पर छोकरी को यहाँ पहुँचा देना।'' तब तक पम्मी और मोना ह्विस्की ले आयीं।

पुनैया फिर आंटी की ओर सरक गया, सिगरेट के लिये। सिगरेट सुलगाकर पूछा—"आंटी वह बात सुनी है?" और जख्मी सिपाही और नर्स का लतीफा सुनाने लगा। आंटी हुँकारा भर रही थीं, आँखें आधी मूँदे। पम्मी की नजरें पुनैया की ओर, दोनों में कटाक्ष।

मोना बार-बार मुस्कराकर प्रॉन और काजू भास्कर की ओर बढ़ा देती—"कुछ कह सकने का अवसर न था।

पुनैया जल्दी-जल्दी घूँट भर रहा था। उसके कटाक्ष से पम्मी भी। गिलास समाप्त कर बोला—"आंटी, पम्मी मेरे साथ दूसरे शो में जा रही है। शो के बाद पहुँचा दूँगा।" वह उठ खड़ा हुआ, पम्मी भी।

आंटी ने मुस्कान से आशीर्वाद दिया—"हैव गुड टाइम (मंगल मनाओ)।"

पुनैया ने पम्मी के साथ चलते-चलते भास्कर की ओर सरसरी नजर डाली—"ओ के (ठीक)।" भास्कर बेबस रह गया।

मोना ने भास्कर के गिलास की ओर संकेत कर शिकायत की—"आंटी ये तो ले नहीं रहे।"

"ले रहा हूँ। आने से पहले भी हम लोगों ने कुछ ली थीं।" भास्कर बोला।

शायद रिकार्ड प्लेयर बजती धुन आंटी को बहुत भा रही थी। आँखें मूँदे घुटने पर मुट्ठी में नोट सँभाले, मुट्ठी पर दूसरे हाथ से ताल दे रही थी। कुछ पल मौन रहा। मौन ने तोड़ा—"आंटी पहेली के आठ शब्द बन गये, दो रह गये हैं। मिस्टर भास्कर से मदद ले लूँ।"

"जरूर-जरूर, क्यों नहीं।" आंटी ने झूमते-झूमते समर्थन किया।

मोना शेल्फ पर से साप्ताहिक उठा लायी। आंटी को जम्हाई आ गयी—"अच्छी ह्विस्की और अच्छे संगीत से मन आराम चाहने लगता है।" मुस्करायी, "देखते ही, बूढ़ा-ढला शरीर है।" गिलास उठाकर समाप्त कर दिया, "लेटूँगी। तुम लोग बातचीत करो! मोना डार्लिंग, नौजवान के लिये थोड़ी और ला देना।" उठकर भीतर के कमरे में चली तो जाते-जाते मोना की ओर देखा, "सुनो डियर," और उसके कान में कुछ कह दिया।

मोना ने शेल्फ से साप्ताहिक लेकर शिकायत की—"शब्द पहेली के मामले में मेरी किस्मत अच्छी नहीं है। इतनी बार भेज चुकी हूँ, कोई न कोई गलती रह ही जाती है। इस बार देखें····।"

"इस मामले में मैं भी दक्ष नहीं हूँ।" भास्कर ने टालना चाहा।

मोना पृष्ठ पर एक साथ नजर डाल सकने के लिये अपनी कुर्सी छोड़ भास्कर की सोफा कुर्सी की बाँह पर बैठ गयी। पत्र भास्कर के सामने करने के लिये झुकी। उसके तनी हुई अंगिया की चोंच भास्कर की बाँह पर दब गयी।

भास्कर को स्थिति से घिन आ रही थी, परन्तु जवान छोकरी का तना हुआ स्तन बाँह पर दब जाने और कान पर उसके केशों के स्पर्श से रोमांच भी। शब्द पहेलियों के बारे में वह अनाड़ी नहीं, परन्तु नजर अन्तर्द्वन्द्व से धुँधला गयी थी। पृष्ठ पर कुछ दिखायी न दे रहा था। दाँत पीस लिये—'टकैया रण्डी।' प्रकट बोला—"ठीक शब्द सोचना पड़ेगा। इस समय ध्यान कहीं और है। दोस्त के साथ जरा देर के लिये आ गया था। साढ़े दस तक मुझे मशीन के लिये कापी देनी है। फिर सही।" झटके से उठ खड़ा हुआ। मोना के विस्मित चेहरे से नजर चुराये कोरीडोर की ओर बढ़ गया, "उदार आतिथ्य के लिये आपको और आंटी को मेरा धन्यवाद।" चिटखनी खोल बाहर निकल गया।

मन में पुनैया के प्रति क्षोभ था—स्पष्ट स्थिति बता देता तो यहाँ क्यों आता। भास्कर को दफ्तर न जाना था। सुन्दर नगर से अपने फ्लैट तक चार मील ठण्डी हवा से स्वस्थ हो सकने की इच्छा से पैदल गया। साढ़े दस भी न बजे थे। मन की अवस्था कुछ लिख-पढ़ सकने लायक न थी। सिगरेट सुलगाकर सोफा पर लुढ़क गया। मन की ग्लानि बार-बार उभर आती—कोई परिचय, परस्पर प्यार-आकर्षण नहीं। कृतिम उकसाहट और पाशविक सन्तोष····पैसे के जोर पर, पैसों के लिये। तुलना में मोती की मोहक दृष्टि, उसके संकोच से अन्तर्तम का उद्वेलन, उसकी चिकनी उजली पिंडली। टकैया को बाँहों में निचोड़ने से मोती की काल्पनिक संगति बेहतर। दूसरे दिन नींद टूटते ही रात का अनुभव याद आया। उससे ग्लानि।····यह तमाशा भी देखा। रविवार भास्कर को निजी लेखन

का काफी काम था। उसमें डूब जाने से मन ग्लानि की चुभन से बचा रहा।

× × ×

सोमवार भास्कर लंच के समय तक लोकसभा से लौट आया था। पुनैया के कमरे के सामने से जाते समय पुकार सुन भीतर चला गया।

"अजीब पोंगे हो तुम!" पुनैया उसकी ओर घूरकर बोला।

"क्यों गुरु?" भास्कर मुस्कराया। तब तक मन का क्षोभ शान्त हो गया था।

मेज पर टेलीफोन बज उठा। पुनैया ने टेलीफोन उठाकर भास्कर को बैठ जाने का संकेत किया—"मैं पुनैया।" हुँकारा भरा, "हाँ, जैन कहो!"

पुनैया फोन सुनता 'हूँ हूँ' करता जा रहा था। अन्त में बोला—"आधा पृष्ठ? ठीक है। जरूर ले सकते हो। हम अपने मैटर की छँटनी कर देंगे।" फोन रखकर भास्कर की ओर देखा, "हमारा आधा पृष्ठ जैन को चाहिये, एक जरूरी जर्मन विज्ञापन के लिये। अरे, पूरा ही ले लें। हम-तुम चैन करेंगे। अब घण्टे भर गप्प लगाओ!···हाँ, तुम बहुत पोंगे हो।" उसे अपनी बात याद आ गयी।

"क्यों गुरु?" भास्कर फिर मुस्कराया।

"छोकरी तुम्हें पसन्द थी। फिर सनक क्यों गये?"

"पसन्द क्या; खूब जवान, नक्श अच्छा, खूब चुस्त।" भास्कर बोला, "गुरु, जिस औरत के सीने-कूल्हे भले लगें उसी से चिपट जायें?"

"क्या बकते हो?" पुनैया ने घूरकर कहा, "इसी मतलब से आयी थी। जानते हो रुपये भी दे दिये थे।"

"मुझसे पूछकर तो नहीं दिये थे।" भास्कर ने नाक सिकोड़ी, "रुपये देने से प्यार-आकर्षण भी हो जायेगा? किराया लेकर अपने शरीर से खिलाने वाली से प्यार-आकर्षण कैसा? प्यार बिना क्या रस?"

"अबे प्यार क्या होता है?" पुनैया को भौंवें उठ गयीं, "हमें अच्छी लगी। उसे खुश किया। यही प्यार होता है।"

"ना गुरु।" भास्कर ने गर्दन हिलायी, "प्यार के संतोष के लिये शरीरों कां ही नहीं, मन का मेल भी चाहिये। किराये की रंडी छोकरी से हाजत रफाई को प्यार का संतोष नहीं कहा जा सकता।"

"किराये की रंडी छोकरी?" पुनैया घूरकर बोला, "किराये की····? हूँ! यह अभी तुम्हारे विज्ञापन विभाग का फोन क्या था? हमारा आधा पृष्ठ विज्ञापन के लिये चाहिये। यह स्साला अखबार के जिस्म का किराया नहीं है?" वह मेज पर पड़े दिन के पत्र के पन्ने पलट-पलट कर बड़े-बड़े विज्ञापन दिखाने लगा, "यह तुम्हारा अखबार अपने सीने-कूल्हे किराये पर नहीं दे रहा? हम-तुम स्साले इसके दल्ले नहीं तो क्या हैं? इसे लोगों की नजरों में आकर्षक, प्रभावशाली बनाओ ताकि इसके कूल्हे-सीने का किराया बढ़े।" स्वर दबाकर बोला, "तथ्यों को संकेत और ध्वनि से बदलना, मैले को सफेद, सफेद को मैला बना देना। डायरेक्टरों के इशारे पर आज इस राजनीतिक पार्टी को उछाल, कल उसको। यह सब स्वान्तः सन्तोष और लोक कल्याण के लिये कर रहे हो? बेट्टे, अपने लिखे पर खुद हँसते हो। स्साले हम-तुम रंडी नहीं हैं। हम-तुम अपने दिमाग और हाथ का किराया हजार-डेढ़ हजार मासिक ले लें, राजदूतावासों से ह्विस्की के पूरे केस के केस गटक जायें तो सम्मानित, ईमानदार बुद्धिजीवी। औरत घण्टे-दो-घण्टे के लिये अपनी कमर का किराया ले ले तो रंडी! घृणा की पात्र! स्साले, रंडी हम-तुम और यह राजनीतिक नेता हैं जो शक्ति, पद या पैसे के लिये अपना विवेक-कानशेंस बेचते हैं। असली बेईमानी है हजारों-लाखों को भटकाने के लिये अपना विश्वास-विवेक बेचना। वे किसे धोखा देती हैं! उनका क्या है, नहा-धोकर साफ हो गयीं। वे चाम को काठ और काठ को चाम नहीं बतातीं। हम-तुम और राजनीतिक नेता अपनी कानशेंस, आत्मा की बेईमानी को धो सकते हैं?"

"ठीक कहते हो गुरु।" भास्कर का स्वर ढीला हो गया, "ईमानदारी और चरित्र का दम्भ नहीं कर रहा हूँ। मैं औरत का आदर करता हूँ। उसे हाजत रफाई की चीज, सण्डास नहीं समझना चाहता। न मैं फार्म का साँड़ हूँ कि जो बछिया सामने आये ललक पड़ूँ। गुरु, प्यार के बिना किसी को कैसे छुआ-चिपटा जा सकता है?"

"हूँ!" पुनैया ने गर्दन हिलायी, "कैन्टीन जा रहे थे?" भास्कर से हाँ का संकेत पाकर कैन्टीन को फोन से दो नाश्ते का आर्डर दिया और

बोला, "सुनो, नर-नारी में परस्पर आकर्षण-प्यार होता क्या है? तुष्टि की सम्भावना और आशा से एक दूसरे की चाह; उसके लिये प्रयत्न; या कुछ और!"

"परिचय, मन के झुकाव और मेल के बिना गुरु उसमें क्या रस?"

"फिजूल तर्क! मन है क्या? शारीरिक सम्पर्कों से प्रभावों द्वारा उत्पन्न स्फुरण। बताओ, मन का झुकाव होता कैसे है?"

"अच्छा लगने और फिर रुचि या रुचियों की अनुकूलता से····।"

"तुमने माना था, करारी पट्ठी है। बहुत पसन्द नहीं आयीं, किसी अन्य की तुलना में तो दूसरी बात है, परन्तु प्रेम, रुचि जागते या आरम्भ कहाँ से होते हैं?" पुनैया ने पूछा, "परस्पर पसन्द आ जाना ही रुचि की अनुकूलता है। परस्पर पसन्द आ जाने से एक दूसरे के प्रति कृपाभाव का उद्रेक ही प्रेम है।"

"हाँ····"

"सुनो, नारी को देखती है तुम्हारी आँख। उसका स्वर सुनते हैं कान। तभी तो उसकी बातों से मन-मस्तिष्क रीझेंगे। अवसर होगा तो उसके बोल सुनने से, सामीप्य से, उसके केशों या शरीर की गन्ध और उसे छू सकने से रीझ बढ़ेगी। जो कुछ देखो-सुनोगे, सूँघी या छुओगे सब उसका शरीर है। उसके शरीर के सम्पर्क में आने वाली तुम्हारी ज्ञानेन्द्रियों की प्रक्रियायें भी शारीरिक हैं। शरीरों के मेल की इच्छा प्रेम है और उनका मेल तुष्टि।"

"मन का कोई प्रश्न नहीं है गुरु?"

"अरे, शरीर के बिना मन क्या? शारीरिक प्रभावों का समुच्चय ही मन है। उससे तुष्टि की आशा-सम्भावना जान पड़े तो अच्छी लगेगी। मन खिंच जायेगा। सुनो, नर-नारी में आकर्षण कामेच्छा से जागता है या प्यार-आकर्षण से कामेच्छा जागती है? पाँच-छः बरस के बच्चे या साठ-सत्तर के होकर तो परस्पर आकर्षण की व्याकुलता अनुभव नहीं करते। नर-नारी में ज्ञानेन्द्रियों से सम्पर्क से कामेच्छा का जाग उठना ही प्यार-आकर्षण है। उसकी तुष्टि होती है शरीरों या कर्मेन्द्रियों के अधिकतम गहरे मिलन द्वारा? ज्ञानेन्द्रियों का सम्पर्क कर्मेन्द्रियों, कामेच्छा को उत्तेजित करता है। कर्मेन्द्रियों का सम्पर्क उस उत्तेजना के क्षरण से शांति

या तृप्ति द्वारा समावस्था में आ सकने की तुष्टि देता है। बेटे, यही प्रेम का आदि-अन्त है। भक्ति की बात दूसरी है। वह शारीरिक नहीं। उसका क्षेत्र विश्वास मात्र है। नर-नारी के प्रेम में भक्ति या अध्यात्म का धोखा क्यों मिलाते हो?''

''मानता हूँ नर-नारी का प्रेम मूलतः शारीरिक है, परन्तु उस तुष्टि में मन-मस्तिष्क के सहयोग, परस्पर आदर और स्थायित्व के भाव के बिना क्या रस?''

''आदर और स्थायित्व?'' पुनैया मुस्कराया, ''बेटे, क्या काफी जायदाद है? उत्तराधिकारी या गोद में सन्तान खिलाने और शादी के स्वप्न हैं?''

''नहीं गुरु,'' भास्कर हँसा, ''वंश रक्षा या उत्तराधिकारी की चिन्ता नहीं है। न इतनी सी तनखाह में पत्नी पालने का अहंकार ही है। परन्तु ऐसे सम्बन्ध में माधुर्य के लिये परस्पर आदर और स्थायित्व का भाव जरूरी लगता है।''

''शादी के स्वप्न नहीं हैं तो बिलकुल बेकार बात कर रहे हो।'' पुनैया गम्भीर हो गया, ''परस्पर आदर? अच्छा लगना आदर नहीं है! जिस औरत ने कभी-कभार तुमसे दस-बीस-पचास स्वीकार कर लिये या माँग लिये उसका निरादर करो और जो गले पड़कर उम्र भर तुम्हें निचोड़ती रहे, तुम्हारी पूरी कमाई खाये उसका आदर, यह अजीब समझ है। रही बात स्थायित्व की। नर-नारी के रति सम्बन्ध में स्थायित्व का अर्थ विवाह बन्धन या अन्यत्र इच्छा पूर्ति के निषेध के नियम के अतिरिक्त और क्या है? इस बन्धन या नियम का प्रयोजन है नारी और सन्तान की सुरक्षा। अब तक नारी सुरक्षा की मोहताज थी आर्थिक आवश्यकता और गर्भ की आशंका से। ऐसी अवस्था में नारी को स्थायी आरक्षण दिये बिना इससे इच्छापूर्ति अन्याय और अनैतिक था। अब परिस्थितियाँ दूसरी हैं। नारी आर्थिक रूप से आत्मनिर्भर होना चाहती है, हो रही है। गर्भ की आशंका का उपाय कर दिया लूप और गोली ने। अब स्थायित्व की शर्त निरर्थक बन्धन है।''

भास्कर ने टोका नहीं। पुनैया का प्रवचन जारी रहा—''इस युग में जिन्हें सन्तान की जरूरत नहीं; कम से कम इस राष्ट्र और देश को तो बहुत जरूरत नहीं है। हमारे ही देश में क्या, चिकित्सा विज्ञान ने

बीमारियों की रोकथाम से मृत्यु दर घटाकर पूरे मानव समाज के सामने जनसंख्या उचित से अधिक बढ़ जाने का संकट खड़ा कर दिया है। आज संतति निरोध हमारे राष्ट्रीय और मानवीय धर्म और कर्त्तव्य बन गये हैं। बताओ, हमें-तुम्हें रति सम्बन्ध में स्थायित्व के बन्धन की जरूरत? यदि प्रेमिका या नारी की बेपरवाही से उसके गर्भ संकट में पड़ जाने की आशंका है तो बेटे, हमारी तरह नसबन्दी करवा लो। स्थायित्व उतना, जब तक दोनों ओर से आकर्षण रहे। इसके अतिरिक्त स्थायित्व या एक दूसरे पर हक मान बैठना केवल बर्बरता।''

भास्कर मुस्कराहट न रोक सका—''गुरु, तुम छड़े-छड़ाक, निर्द्वन्द्व आदमी। तुम्हें नसबन्दी की क्या जरूरत पड़ गयी?''

पुनैया ने उसे प्रतीक्षा का संकेत किया। कैन्टीन का आदमी नाश्ता ले आया था। बैरे के चले जाने पर बोला—''बेटे, हम भुक्तभोगी हैं। हमारे तजुर्बे से सीखो—

''बारह बरस पहले बम्बई में था। तुम्हारी ही उम्र थी। स्थायी आकर्षण और प्यार के स्वप्न में शादी कर ली, बाकायदा सिविल मैरेज। उससे पहले भी दो छोकरियों से कुछ लगाव रहा था। परन्तु उस लड़की के आकर्षण और संगति सुख ने ऐसा जकड़ा कि जीवन का आदि-अन्त उसी में दिखायी देने लगे। पहले चार-पाँच मास तो यह हाल कि शाम-सुबह या दिन में जहाँ अकेले हुए चिपट गये। फिर कुछ ठण्डे होने लगे। डेढ़ साल बाद किसी दूसरी की ओर ध्यान जाने लगा वह गर्भवती हो गयी थी। तब संतति निरोध उतना प्रचलित न हुआ था। नजरें इधर-उधर भटकने लगीं। उसके प्रति आकर्षण और प्यार जरूर था, परन्तु मन अन्यत्र भी भागता था। अन्यत्र भी तुष्टि की इच्छा और सम्भावना। मन भटक गया। उसे पता चला तो बावेला करने लगी। मैं सोचता था, इसका तो कुछ छीन नहीं रहा हूँ। इच्छा-आवश्यकता पर प्रस्तुत हूँ। इसे मालूम न हो तो शिकायत भी न हो। मेरे सन्तोष से ईर्षा क्यों करती है। अपने आपको पूर्णतः दबा न सका। अपने अभिसारों को बहुत यत्न से छिपाकर रखता। डरकर या चोरी से इच्छा पूर्ति करने की ग्लानि जरूर अनुभव होती पर मजबूरी थी। तीन बरस बाद वह स्वयं भटक गयी, अपने किसी पुराने मित्र के साथ। मुझे पता चला तो बौखला उठा कि उसका खून कर दूँ और अपना भी। अपने एकाधिकार की रक्षा के लिये

उसके एकाधिकार को स्वीकार करने और संयम का निश्चय कर लिया। मोनोगेमी या एक पत्नी की नैतिकता का यही राज है, परन्तु उसका उद्वेग अदम्य था। झगड़े में मैंने कह दिया—''तुम उसे नहीं छोड़ सकती तो मुझे छोड़ दो।'' वह बहुत रोयी-रोयी, परन्तु जवाब दिया—''तुम मेरा इतना सा सन्तोष नहीं देख सकते। यदि एक को छोड़ने की मजबूरी है तो तुम्हारी निर्दयता के कारण तुम्हें ही छोड़ दूँगी।'' वही बात जो पहले स्वयं मैं सोचता था।

''उसका यह निश्चय मुझे इतना मर्मान्तक अपमान लगा कि खुद से डर गया—''पागलपन में कुछ कर न बैठूँ उसी आशंका में बम्बई छोड़कर मद्रास चला गया और फिर बैचुलर। अस्तु, तथ्य क्या था? केवल एक से ही प्रेम या रति सम्बन्ध की सीमा हम दोनों के लिये कठिन थी, हम दोनों का ही दमन था, परन्तु उस सम्बन्ध में परस्पर एकाधिकार के बर्बर संस्कार से हम दोनों ही दूसरे का सन्तोष नहीं देख सकते थे। बोलो, यह प्यार था? प्यार में तो दूसरे का सन्तोष प्रथम होना चाहिये। मेरा प्यार तो उसका अन्यत्र आकर्षण या सम्बन्ध जानकर समाप्त हो गया था। केवल उस पर अपनी मिल्कियत या एकाधिकार का अपमान असह्य हो रहा था।'' पुनैया लंच और कॉफी के साथ अपनी बात कहता जा रहा था। सिगरेट सुलगा कर पैकेट भास्कर की ओर बढ़ा दिया, ''उस औरत के प्रति घृणा और प्रतिहिंसा की भावना में मुझे नारी मात्र से घृणा होने लगी—सब दगाबाज साँपिनें हैं.....।''

''वैराग्य ज्ञान के चक्षु खुल गये।'' भास्कर मुस्कराया।

''चक्षु खुल गये या आँखों पर अंहकार और बर्बर एकाधिकार का पर्दा पड़ गया था?'' पुनैया ने पूछा।

''गुरु, नारी के प्रति वितृष्णा और घृणा से लोगों के वैरागी हो जाने की बातें तो सुनी हैं, परन्तु नसबन्दी की जरूरत समझ में नहीं आयी। नसबन्दी से कामेच्छा तो समाप्त हो नहीं जाती?''

''अरे मैं पहले तुम्हारे स्थायित्व और आदर की बात करना चाहता था। तुम्हें नसबन्दी में ही कौतूहल है। अच्छा वही पहले सही। ब्यौरे से बता रहा हूँ भला हो जैन का, आधा पेज माँगकर हमें छुट्टी कर दी। ज्ञान चक्षु खुलने की बात सुनो—मद्रास में सात-आठ मास वैराग्य के बीते, परन्तु भूख, नींद, भय और रतिइच्छा जीवों की प्रकृति है। युवतियाँ

फिर मोहक लगने लगीं। मुझे गिर्जे और धर्म के प्रति कभी अनुराग नहीं रहा। कालेज में ही पूरा भौतिकवादी भगवान से निरपेक्ष बन गया था। तफरीहन औरतों को घूरने के लिये गिर्जा जाना शुरू किया। संपर्क बन गया, बहुत विचित्र। एक युवती से, स्कूल में अध्यापिका, अच्छी शिक्षिता सुसंकृत। विधवा थी, सात बरस की बेटी। दूसरे विवाह में अड़चनें थीं। दूसरा पति सौतेली बेटी से कैसा व्यवहार करे? लड़की का पिता सम्पत्ति भी छोड़ गया था। माँ-बेटी का गुजारा चल सकता था। दूसरा विवाह करती तो पति के भाई-बन्द, बेटी और सम्पत्ति के दावेदर बन जाते। उम्र में मुझसे दो बरस अधिक होगी। नख-शिख बहुत सुन्दर नहीं, परन्तु चेहरे की छवि बहुत प्यारी। उससे बढ़कर स्वभाव और व्यवहार। परिचय होते ही परस्पर आकर्षण। मैं ब्याह की बात क्या सोचता। वह भी कामेच्छा से व्याकुल। उसे छिपाने का पाखण्ड भी नहीं। तब निरोधक गोली अभी चली न थी और लूप वह झेल न पाती थी। उसे जोखिम से बचाने के लिये रबर का उपयोग किया। उस अड़चन से दोनों असन्तुष्ट। उसी ने नसबन्दी का सुझाव दिया। उसके जोखिम की चिन्ता और उससे इच्छा पूर्ति का झुकाव दोनों ही बहुत प्रबल थे। तुम्हारी तरह वंश रक्षा या उत्तराधिकारी के विचार से विरक्ति। उन्हीं दिनों एक केस की रिपोर्ट आयी। औरत ने गुजारे के खर्च के लिये। मर्द पर दावा किया था। औरत विवाह के लिये मर्द की प्रतिज्ञा के विश्वास पर गर्भवती हो गयी थी। पुरुष विवाह नहीं करना चाहता था। यह भी सोचा कि नारी के प्रति आकर्षण अदम्य है तो नारी को आशंका से बचाना भी कर्तव्य है। साथ ही कानूनी गिरफ्त से सदा का बचाव। नसबन्दी करवा ली। हमारे प्यार के लगभग दो वर्ष स्वप्न की तरह प्यारे बीते। सप्ताह में एक-दो बार संगति हो जाती। पारस्परिक आकर्षण और प्यार के अतिरिक्त लेन-देन या तकाजे-अधिकार का कोई सवाल नहीं।

"दो बरस बाद अप्रत्याशित संकट आ पड़ा। स्थानीय पादरी का तबादला हो गया। पुराना पादरी आ गया। वह परेशान हो गयी। विधवा हो जाने के बाद उसका इसी पादरी से सम्बन्ध हो गया था। निश्छल इतनी थी कि मुझे काफी पहले सब बता चुकी थी। यह पारस्परिक विश्वास और प्रेम था; परिग्रह, कब्जे का संतोष नहीं। साम्प्रदायिक

अनुशासन से रोमन कैथोलिक पादरी विवाह नहीं कर सकते हैं। अधिकांश पादरी और संत रति इच्छा का दमन भी नहीं कर पाते। इस पादरी ने मेरी तरह दूरदर्शिता में नसबंदी करवा ली थी। गरीब विधवा पर धौंस—यह त्याग तुम्हारी खातिर ही किया है! पादरी को उसका अन्यत्र सम्बन्ध सह्य न था। वही मन पसन्द नारी पर एकाधिकार का बर्बर संस्कार, विवाह के बिना भी। जैसे पुराने राव-राजा अपनी रखैलों को भी दूसरों द्वारा अस्पृश्य होने के अहंकार में उनका अलग हरम बना लेते थे। उसने मुझसे स्पष्ट कह दिया—बस चले तो मुझे कभी न छोड़े पर मजबूरी। पादरी उतना सहिष्णु न था। अपने सम्प्रदाय और सामाजिक क्षेत्र में बहुत प्रभावशाली। वह उसकी और उसकी बेटी की स्थिति असह्य कर दे सकता था। आँसू बहाकर बोली—चार वर्ष पूर्व सचमुच पादरी से प्यार था। उसे सहृदय और सज्जन समझती थी। अब उसके दमन से घृणा होती है। उसका मुँह देखने को मन नहीं चाहता। ग्लानि अनुभव करके भी उसे विवशता से सहना पड़ेगा। वह संतोष नहीं, यातना होगी। पर मजबूरी है, अपनी और बेटी की स्थिति के विचार से। बच्ची का ख्याल न हो तो मुझे अपनी कोई परवाह नहीं। भाड़ में जाये यह सम्पत्ति। मजदूरी से भी गुजारा कर लेती पर बच्ची को कैसे बरबाद होने दूँ। उसके लिये सब कुछ सहना पड़ेगा। देखो!'' पुनैया ने तर्जनी उठायी, ''ऐसी ही स्थिति बम्बई में मेरी हो गयी थी। अधिकांश दम्पत्ति का जीवन इसी प्रकार चलता है।

''उसकी बात सही थी। उसकी संगति के लिये व्याकुलता के बावजूद मैं उसके यहाँ जा न सकता था, परन्तु वह दूसरे-तीसरे सप्ताह, किसी तिकड़म से मेरे यहाँ आ जाती। आधे-पौने घण्टे की उस संगति से हम अनिवर्चनीय सुख पाते। एक बार बोली—मिलते हम पहले भी छिप-छिप कर ही थे, परन्तु अब यहाँ आ सकने के लिये बहुत सोचना पड़ता है तो चोरी करने की ग्लानि सी अनुभव होती है, परन्तु सोचती हूँ चोरी नहीं कर रही हूँ। दमन का विरोध कर रही हूँ। इस पादरी का जाने कितनी औरतों से सम्बन्ध है। सब पर अपना एकाधिकार समझता है। मुझे भी तो अपने संतोष का प्राकृतिक अधिकार है। अब तक उस जैसी सदाशय, निस्वार्थ केवल प्यार के लिये प्यार करने वाली स्त्री से सम्पर्क नहीं पड़ा।''

पुनैया नया सिगरेट सुलगाकर बोला—"मेरा अनुमान है, अस्सी प्रतिशत भद्र महिलायें ऐसी ही स्थिति में है। केवल पति के अधिकार और समाज के संस्कारों के कारण गुप्त सम्बन्ध निबाहने की चोरी के लिये मजबूर।" भास्कर के मन में मामी की याद कौंध गयी।

"तुम गौर करो।" पुनैया ने लम्बा कश ले कोहनियाँ मेज पर टेक दी—"बम्बई में पत्नी के अन्यत्र आकर्षण से मेरे सिर पर खून सवार हो गया था, इस बार नहीं हुआ। क्यों? इस युवती पर पति होने के कानूनी या सामाजिक संस्कार के दम्भ का अवसर न था। अनुभव से दृष्टिकोण भी सहिष्णु हो गया था यह केवल प्यार का सम्बन्ध था, परिग्रह या स्वामित्व के अधिकार का नहीं प्यार का जैसा संतोष उस युवती में पाया, फिर पाने की आशा नहीं। वह वास्तव में प्यार था इसलिये अपने संतोष के बजाय उसकी सुरक्षा और सुविधा का विचार मुख्य रहा। प्यार की तो पहली शर्त है, प्रिय के लिये उत्सर्ग, स्थायित्व और बर्बर अधिकार का उन्माद नहीं। क्यों?

"हूँ।" भास्कर हँस न सका। सिगरेट सुलगाने लगा।

"इस पम्मी की बात लो।" पुनैया कहता गया, "शैतान जाने पम्मी का मतलब क्या है? पद्मा, प्रमिला या पामेला! अपने को उसके शरीर और व्यवहार से घंटे-डेढ़ घंटे का मतलब रहता है। उतना समय मन उससे रम जाता है। चार-छः सप्ताह में कामेच्छा का उन्मेष जागता है तो आंटी को फोन करके उसे बुला लेता हूँ। दो साल से परिचय है। रति सुख की तन्मयता और तुष्टि की आशा से उसके प्रति प्रेम उमड़ पड़ता है। वह संगति सुख की चोखा बनाने के लिये अमित-असीम प्यार की कसमें खाती है। उस क्षण वह प्यार अमित-असीम ही होता है। इसमें क्या झूठ! वह क्षण पूर्ण आत्मविस्मृति और पूर्ण संतोष के होते हैं, परन्तु स्वामित्व के अधिकार और बंधन के बिना। वह सही कहती है तो किसी दफ्तर में स्टेनो है। केवल चार सौ रुपया वेतन।" पुनैया मुस्कराया, "इस आत्मप्रवंचना से क्या लाभ कि चार-छः सप्ताह में वह अन्य किसी व्यक्ति के कामोद्वेग को तुष्ट न करती होगी। उसकी आर्थिक आवश्यकता की दृष्टि से दूसरी बात ही अधिक संभव है लेकिन इस ख्याल से पम्मी का खून कर देने या आत्महत्या कर लेने का जुनून सिर पर सवार नहीं होता। कहो, पम्मी से मेरा यह अस्थायी सम्बन्ध या सम्पर्क पत्नी से

सम्बन्ध की अपेक्षा अधिक समता, न्याय, मानवता और सहिष्णुता का नहीं है।''

''गुरु तुम केवल अपनी बात कह रहे हो।'' भास्कर ने आपत्ति की, ''पम्मी का तुम्हारे प्रति प्रेमोच्छ्वास केवल पैसे के लिये है। तुम पैसा फेंक सकते हो। उसे पैसा चाहिए।''

''स्साले, चाहते हो छोकरी तुमसे मुफ्त में लिपट जाये?'' पुनैया हँस दिया।

भास्कर न हँसा—''यह नहीं चाहता लेकिन पैसे के जोर से चिपटाना भी नहीं चाहता। तुम चाहते हो, उसे बुलवा लेते हो। उसने तुम्हें कभी बुलवाया या स्वयं आयी? प्रेम आकर्षण दुतरफा होता है। एकतरफा सौदा या फीस। यह औरत की रति शक्ति का शोषण या अपमान नहीं है?''

पुनैया ने सुनने के संकेत के लिये हाथ उठा दिया था—''मेरे यहाँ नहीं आ सकती क्योंकि मैं गहरा नहीं फँसना चाहता....''

''यही तो बात है।'' भास्कर ने टोक दिया, ''प्रेम में फँसने का क्या डर? मद्रास में नहीं था....''

''पागल हो।'' पुनैया हँस दिया, ''प्यार में परिस्थिति के औचित्य, समय, स्थान और कानून की सीमा का ध्यान नहीं रखोगे? आत्महित और झंझट से बचाव का भी हो सकता है। हर व्यवहार में परिस्थिति और अनुपात का ध्यान उचित है। मेरी उम्र अल्हड़ उन्माद में आत्मोत्सर्ग की नहीं है। तुम्हारी शायद होगी।''

''आत्मोत्सर्ग की नहीं, पारस्परिक संतोष की ही बात कह रहा हूँ।'' भास्कर ने आग्रह किया, ''तुम्हारे लिये यह मनोरंजन या उद्रेक की तृप्ति है। उसके लिये मेरे खयाल में, निर्वाह के लिये अपने तन के सौदे की मजदूरी, बल्कि मजबूरी।''

''सुनो,'' पुनैया ने फिर हाथ उठाया, ''हजारों वर्ष से इस देश और संसार भर की सती-साध्वी पत्नियाँ पति से भरण-पोषण और रक्षा की आशा करती रही है। आज भी सम्पन्न-सम्मानित वर्ग में यही कायदा है। क्या यह एक मात्र व्यक्ति से तन का आजन्म सौदा नहीं है? हाँ इस सौदे में पत्नी के लिये चुनाव या हाँ, न का अवसर नहीं है।'' पत्नी कानूनन पति के कंजुगल राईट (मैथुन अधिकार) को अस्वीकार नहीं कर सकती।

"मैं उस परम्परा की सराहना नहीं करता न उसे आदर्श मानता हूँ।" भास्कर ने मेज पर हाथ मारा।" मेरे विचार में रति कर्म से आत्मसंतोष के अतिरिक्त कोई भी प्रयोजन, अन्य कोई इच्छा-आशा तन का सौदा है। ऐसी स्थिति में नारी का उपयोग उसका शोषण और अपमान है।"

पुनैया भी गम्भीर हो गया—"सुनो, उत्तर कई हैं। प्रश्न को कई पहलुओं से देखा जा सकता है। सतही भावुकता से और यथार्थ स्थिति से। मूलतः तुमसे सहमत हूँ—रति कर्म स्वतः इच्छा से होना चाहिये, किसी मजबूरी में नहीं। एक बात कह चुका हूँ—हम सभी अपनी सेवा या दूसरों को संतोष देने की उजरत लेते हैं। औरत से पाये संतोष की उजरत देने में उसका क्या अपमान? जैसे पहले कहा, जो लोग औरत को केवल वैयक्तिक सेवा का साधन बनाकर रखते हैं, वे पत्नी का शोषण और अपमान नहीं करते? घंटे-दो-घंटे के बजाय किसी का उम्र भर शोषण अधिक अन्याय है। विवाह, पतिव्रत-पत्नीव्रत धर्मों का आधार स्त्री की आर्थिक सुरक्षा और अधिक से अधिक संतानों की आवश्यकता है। आज स्थिति विपरीत है। आधुनिक नारी अपने जीवन का लक्ष्य और महत्वाकांक्षा केवल पति सेवा और अधिक से अधिक सन्तानों की माता बनना नहीं मान सकती। वह आत्म-निर्भरता, स्वतन्त्रता और अपने व्यक्तित्व की सार्थकता भी चाहती है। एक समय सभी धर्मों, कम से कम हिन्दू और ईसाई धर्मों में, संतति प्रयोजन के बिना रति कर्म अनाचार और पाप माना जाता था। आज संतति निरोध राष्ट्रीय बल्कि मानवीय धर्म और कर्तव्य बन गया है। अब हम रति इच्छा को स्वाभाविक प्रवृत्ति मानकर उसे निष्फल या निरापद बना देने का राष्ट्रीय अभियान चला रहे हैं। यह हमारी सामाजिक मान्यताओं में कितना क्रान्तिकारी परिवर्तन है?"

पुनैया कहता गया—"अब वैयक्तिक, राष्ट्रीय और मानवीय हित की दृष्टि से कामेच्छा पूर्ति को निष्फल और निरापद बना देना नैतिक मान लिया गया। विज्ञान की सहायता से यह सम्भव भी हो गया तो वह इच्छा पूर्ति बार-बार एक ही व्यक्ति से करने के बंधन की क्या जरूरत? यह बंधन उस इच्छा पूर्ति को अधिक सरस नहीं बना सकता। दो आत्म-निर्भर व्यक्ति केवल इस काम के लिये जीवन भर साथ बंध जावें, इसमें

क्या तुक? यह केवल रूढ़ि और संस्कार का बंधन है। हम अनेक पुराने संस्कारों को निरर्थक समझ चुके हैं। यह भी वैसा ही संस्कार है।''

''गुरु कह चुका हूँ, रूढ़ि-संस्कारों और बंधनों के प्रति मुझे आस्था नहीं है।'' भास्कर ने कहा, ''तुम्हारी मद्रास की सखी का आदर करता हूँ, परन्तु आंटी नाड्यिा की छोकरियों का नहीं। स्वतः स्फुरित आकर्षण की तुष्टि के लिये स्वतंत्रता भी जरूर चाहता हूँ, परन्तु इस मामले में जहाँ पैसे का या अन्य कोई कारण आ जाये उसमें खरीदने-बेचने की विवशता की कटुता आये बिना नहीं रह सकती। मुझे ऐसे व्यापार से संतोष नहीं हो सकता।''

''बहुत कुछ तुमसे सहमत हूँ।'' पुनैया बोला, ''परन्तु वस्तुस्थिति क्या है? मैं और मेरे जैसे विवाह को मुसीबत समझने वाले बहुत से लोग भी कामेच्छा अनुभव करते हैं। तुम यदि असामान्य नहीं तो तुम भी वह प्राकृतिक इच्छा अनुभव करते होंगे, लेकिन हमारे समाज में बहुत कम औरतें मेरी मद्रासिन सहेली की तरह सोच या आचरण कर सकती हैं। हमारे समाज में अब नारी को आर्थिक रूप से और अन्यथा आत्मनिर्भर होने का अवसर मिल रहा है, परन्तु नारी पुरुषों की अपेक्षा रूढ़िगत संस्कारों से अधिक ग्रस्त है। जानते हो, हजारों पीढ़ियों से रति सम्बन्ध का असंयम पुरुष के लिये उतना अदम्य नहीं रहा जितना नारी के लिये। क्योंकि नारी का अपना शरीर ही उसके असंयम की गवाही देकर उसे दण्ड दे देता है। पुरुष की कद्र तो बीसियों गुणों और कर्तव्यों के लिये की जाती रही। नारी का सर्वोपरि गुण रहा, मालिक के अतिरिक्त दूसरे के साथ रति का सन्देह न होने देना। पत्नी के प्रेम की अपेक्षा उसके सतीत्व का महत्व अधिक था। सतीत्व अनुशासन है, प्रेम मन की उमंग। सतीत्व, नारी की कमर पर एकाधिकार की रक्षा भय और विवशता से की जा सकती है। प्रेम उस तरह नहीं कराया जा सकता। नारी के लिये असंयम में जोखिम ही पतिब्रत और सतीत्व की जड़ रही है। अबला, भीरु, भोली और रति से आतंकित होना नारी के गुण क्यों समझे जाते रहे?····ताकि उसे वश में रखना आसान रहे और नारी अधिक निर्बल, भीरु, नासमझ और रति आतंक का पाखण्ड करना सीख गयी।''

पुनैया कहता गया—''पर अब स्थिति बदल रही है। विज्ञान ने स्वतंत्र प्रेम की तुष्टि में जोखिम से बचाव का उपाय नारी को दे दिया है।

पुरुष सहृदयता से नारी को समान राजनैतिक और आर्थिक कानूनी अधिकार और अवसर देकर उसे स्वतंत्रता और समता नहीं दे सका। नारी की सबसे बड़ी विवशता या मोहताजी थी, रतिकामना की प्राकृतिक इच्छा पूर्ति के परिणाम में गर्भ का भय। नारी जीविका कमा सकने में या अन्य दृष्टि से पुरुष की उपेक्षा अधिक योग्य हो सकती है, परन्तु अगर खसम के बिना पेट फूल गया, वह कहीं की न रही। वह पुरुष की तरह प्राकृतिक उद्वेग की तुष्टि करके भी निर्द्वन्द्व नहीं रह सकती थी। यही उसकी सबसे बड़ी विवशता थी। वास्तव में नारी को स्वतंत्रता और समता का अवसर कानूनों ने नहीं संतति निरोध के उपायों के विकास ने ही दिया है। अब उसे अवसर तो है, परन्तु उसे संस्कारों से मुक्ति पाने में समय लगेगा।'' भास्कर की स्मृति में डाक्टर मिस कौंध गयी, ''लेटे हमारी तो उम्र ढल गयी। अच्छा लगे, न लगे अपने आपको बेचते हैं। जिन्दगी की हर आवश्यकता खरीदते हैं तो इसी के लिये। किसी सहृदया की कृपा की आशा में कैसे बैठे रहें? अलबत्ता पट्ठे तुम्हारी उम्र है, कद-काठ है, शक्ल-सूरत है।'' पुनैया ने रहस्य से कटाक्ष किया, ''कोई होगी या उम्मीद में हो। मैगजीन सेक्शन की स्टेनो भी बड़ी काँटा है। लोग उसके पीछे हैं और उसकी नजरें तुम्हारे लिये तरसती हैं। बेटे, उस पचड़े से बचे रहना। नहीं तो लोग ईर्षा में नैतिकता की रक्षा का बवंडर खड़ा कर देंगे।''

''वाह गुरु!'' भास्कर हँसकर उठ खड़ा हुआ, ''लंच के लिये धन्यवाद और प्रवचन के लिये भी।''

पुनैया के प्रवचन से मोती के प्रति भास्कर की व्याकुलता कुछ और बढ़ी। उसकी याद के साथ मोना के सुडौल सीने-कूल्हे, पिंडलियों और हावभाव छाया की तरह जुड़ जाते। मोना के प्रति क्रोध न था, परन्तु मोती के साथ उसका याद आ जाना अच्छा न लगता।

× × ×

मंगलवार दफ्तर जाते समय गत शनि मोती से भेंट न हो सकने की कलख भास्कर के मन में बनी थी। ध्यान था तीन बजे से पहले ही सब काम समेटकर समय पर रेस्तोराँ पहुँच सकने का। ग्यारह बजे टेलीप्रिंटर पर आये समाचारों पर नजर डाल रहा था। फोन की घंटी बजी। फोन

उठाकर सुना—सम्पादक की आवाज। साढ़े तीन बजे आयोजना आयोग के प्रधान के यहाँ प्रेस कानफ्रेन्थ थी। मंगलवार यह काम माथुर का था। उसने सूचना दे दी थी कि अचानक तबीयत अधिक खराब हो जाने के कारण न जा सकेगा। भास्कर की उसकी जगह जाने का आदेश था। साधारणतः भास्कर अपनी उपयोगिता प्रमाणित कर सकने के लिये अतिरिक्त काम से कतराता न था, परन्तु उस समय खल गया। आदेश या आवश्यक काम की उपेक्षा न कर सकता था। योजना आयोग के अध्यक्ष की कानफ्रेन्स संक्षिप्त नहीं होती। पाँच बजे तक के लिये बँध गया। विवशता में मन मार लेने के अतिरिक्त चारा न था। मोती से भेंट के दो अवसर एक साथ चूक जाने का बहुत दुख था। इसके बाद आशा थी फिर शनिवार तीसरे पहर। दोनों की भेंट में इतना दीर्घ व्यवधान पहले नहीं हुआ था। एक नजर देख सकने की आशा में मोती के मकान तक चले जाना भी उचित न था। भेंट न हो सकने से उसकी व्याकुलता तीव्र होती जा रही थी। मन कहता था, मोती भी बेबसी में तड़प रही होगी। यह कल्पना संतोष देती और मोती के लिये व्यग्रता को उत्तेजित भी कर देती।

शनिवार वह रेस्तोराँ जाने के लिये उठने को था कि माथुर कुछ राय लेने आ गया। पन्द्रह मिनट रुकना पड़ा। अनुमान था, मोती कोकाकोला का गिलास लिये प्रतीक्षा में बैठी होगी। पहुँचा तो मोती न थी। उसे ही प्रतीक्षा के लिये कुछ मँगा लेना पड़ा। मोती आधे घण्टे तक भी न आगी तो उठना पड़ा। मन में अनेक शंकाएँ और कल्पनाएँ—पिछले शनि नहीं आयी, मंगलवार आयी या नहीं! आज भी नहीं। किसी झंझट में फँस गयी या····। जो हो आज सात बजे के लगभग राजेन्द्र नगर जाकर पता लेगा। उस समय मिस्टर के घर पर होने की संभावना न थी। मोती की सास जरूर होगी। मिस्टर के लिये पूछेगा। मोती सुनकर आ जायेगी। कुछ अनुमान हो सकेगा, स्वेच्छा से नहीं आयी या····। इसी विचार में कनाट प्लेस का पूरा चक्कर लगाकर फिर रेस्तोराँ के सामने पहुँच रहा था, मोती स्कूटर से उतरती दिखायी दी। मोती को देखते ही उसके स्वेच्छा से न आने की आशंका दूर हो गयी। दोनों ऊपर गये। साढ़े चार बजे गाहकों की भीड़ हो गयी थी। केबिन में स्थान न मिला। हाल में एक मेज पर बैठना पड़ा।

मोती कुछ हाँफी हुई सी थी बोली—''शंका थी तुम आकर लौट गये होगे। मंगल तुम नहीं आये। प्रतीक्षा में बैठी रही। काम से शनि को नहीं आ सकी थी। सोचा, नाराज न हो गये हो। शनि सुबह ही मेरठ से ननद शापिंग के लिये आ गयी। उसकी लड़की की शादी है। उसने साँझ आठ तक न छोड़ा। मंगल तुम न आये। आज जल्दी आना चाहती थी, परन्तु कमबख्त प्रिंसिपल ने रोक लिया, इनविजिलेंस की ड्यूटी बताने के लिये। सोम से परीक्षाएँ हैं न! मेरी इनविजिलेंस की ड्यूटी सोम, बुध, शुक्र को दोपहर बाद। मंगल, बृहस्पति, शनि दोपहर से पहले। डेढ़-पौने दो तक छुट्टी।''

हाल में दोनों आमने-सामने कुर्सियों पर थे। आठ-दस दूसरे ग्राहक और सेवा में प्रस्तुत दो बैरे। दस दिन की व्याकुलता के बाद भेंट हुई थी, परन्तु परस्पर सटकर बैठ सकने, स्पर्श य़ा मौन आँखें मिलाये रहने का भी अवसर नहीं। भास्कर को खल रहा था। मोती विलम्ब से आने पर भी निराश न होने से पुलकित थी। मुस्करायी—''मंगल, बृहस्पति, शुक्र दो-सवा दो तक भी आ सकूँगी। ढाई-तीन घण्टे का समय रहेगा।''

''तो यहाँ ही बैठने की क्या जरूरत है। शंकालु नजरें और सब तरह की आशंकाएँ।'' भास्कर धीमे से कहा, ''ढाई तक यहाँ आ जाओ। मुझे भी ढाई-तीन घण्टे की फुर्सत रहेगी। अपने फ्लैट में निश्शंक बैठेंगे। टैक्सी-स्कूटर से चार-पाँच मिनट का रास्ता।'' मोती को पहले ही बता चुका था—लोकसभा मार्ग पर उसके पास दो कमरों का फ्लैट है। बिलकुल अकेला। नौकर भी नहीं। सुबह नाश्ता-चाय बिजली के स्टोव पर बना लेता है। पड़ोसियों की महरी सुबह झाड़ू-बुहारी करके नाश्ते के बर्तन-प्लेट धो देती है।

''वही अच्छा रहेगा।'' मोती अनुमति में मुस्करायी।

मंगलवार भास्कर ठीक समय पर रेस्तोराँ पहुँचा। आसपास नजर डालकर ऊपर गया। मोती एक केबिन में मौजूद थी। बताया—दस मिनट पहले ही आ गयी थी कि कोई दूसरी टीचर न साथ चिपक जाये। बहुत प्यासी थी। औरेंज स्क्वेश मँगवा लिया था। गिलास लगभग समाप्त था। भास्कर को कुछ तो आर्डर देना था—''आइसक्रीम?''

''क्या समय बरबाद करना है!'' मोती मुस्करायी। भास्कर ने दो कोक मँगवा लिये।

रेस्तोराँ से निकलते ही समीप की दुकान के सामने एक टैक्सी खाली हुई। भास्कर ने टैक्सी ले ली। तीन मिनट में अपने फ्लैट के सामने पहुँच गया।

भास्कर के कमरे ऊपर की मंजिल में हैं। जीना अच्छा चौड़ा। मोती को जीना चढ़ने में सहायता देने के शिष्टाचार और स्नेह से भास्कर ने उसे कोहनी पर सहारा देना चाहा। मोती के समाज में पति या निकट सम्बन्धियों से भी ऐसे आदर का चलन नहीं। झेंप से मुस्करायी और बिना सहारे जीना चढ़ने लगी।

बैठक फ्लैट के अनुरूप है। एक सिरे पर छोटा सोफा। सोफा के दोनों बाजू उसके साथ की कुर्सियाँ। बीच में छोटी तिपाई। एक दीवार के साथ पुस्तकों के लिये शेल्फ। एक कोने में खाने की छोटी मेज—उसके अनुकूल दो छोटी कुर्सियाँ। दूसरे कोने में छोटा फ्रिज।

मोती को बैठक में लाकर भास्कर ने सोफा की ओर संकेत किया। वह बाजू की कुर्सी पर बैठ गयी। "कॉफी-चाय बन सकती है।" भास्कर ने पूछा, "या कुछ ठण्डा!"

कुछ नहीं। दो गिलास पी चुकी, बस।····बैठो।"

मित्रों-अभ्यागतों के सत्कार के लिये भास्कर के फ्रिज में कोक, लाइम-कार्डियल, बियर, सोड़ा मौजूद रहते हैं। समय पर काम आने लायक कुछ दूसरी चीजें भी। मोती के आने की आशा और उत्साह में कुछ बढ़िया फल गत संध्या लाकर रख लिये थे। फ्रिज खोलकर सुन्दर फलों से भरी प्लेट मोती के सामने तिपाई पर रख दी—"कुछ तो लो।"

"अभी इच्छा नहीं।····बैठो न।"

बैठक का दरवाजा खुला था। बाहर मार्च की तेज हवा से दरवाजे पर लटका पर्दा फड़फड़ा रहा था। भास्कर ने किवाड़ मूँदकर चिटखनी चढ़ा दी। सोफा की ओर लौटा तो मोती की दृष्टि पुस्तकों के शेल्फ पर टिके 'खजूर-टिकोमा' के चित्र पर थी।

भास्कर सोफा के कोने में मोती की ओर बैठा—"इस चित्र को देखकर यहाँ तुम्हारी उपस्थिति की कल्पना कर लेता हूँ।"

मोती की आँखों में अनुराग छलक आया। मुस्करायी—"हम मन में यों ही तुम्हें देखते रहते हैं।"

''परसों तुमसे यहाँ आने की बात हुयी तब से साथ बैठकर निश्शंक प्यार कर सकने की कल्पना में डूबा रहा।''

''हम भी।'' मोती का चेहरा और अधिक गुलाबी।

''कुछ तो लो।'' भास्कर नें फलों की ओर संकेत किया।

''ऐसे ही बहुत अच्छा लग रहा है।'' मोती ने स्नेह से उसकी ओर देखा। उसके अनुरोध की रक्षा के लिये एक संतरा उठाकर छीला। एक फाँक सावधानी से साफ कर खोली और खुली फाँक उँगली की कोर पर भास्कर की ओर बढ़ा दी।

''तुम लो न।''

मोती ने स्नेह से अपना हाथ उसकी ओर बढ़ा दिया। भास्कर ने संतरे की फाँक ले ली।

मोती ने दूसरी फाँक खोलकर भास्कर की ओर बढ़ा दी। भास्कर ने झुककर फाँक को ओठों से लिया। मोती मुस्करा दी। फाँकें खोल-खोलकर उँगली की कोर पर भास्कर के ओठों की ओर बढ़ाती रही। भास्कर ने उससे स्वयं लेने का भी अनुरोध किया—''हमें अच्छा लग रहा है।'' उसका स्वर गद्‌गद था।

संतरा समाप्त कर मोती हाथ पोंछने के लिये पर्स से रूमाल निकाल रही थी। भास्कर ने पैंट की जेब से अपना रूमाल उसकी ओर बढ़ा दिया। मोती ने हाथ पोंछकर रूमाल तिपाई पर रख दिया। भास्कर ने रूमाल उठाकर सूँघा और जेब में रख लिया—''इसमें तुम्हारे हाथों की सुगन्ध बनी रहेगी।''

मोती के कटाक्ष में उल्लास। आँखों और चेहरे पर और अधिक गुलाबी चमक। दोनों मौन। वातावरण दोपहर के मौन का। समीप किसी फ्लैट से रेडियो-ट्रांजिस्टर पर बजते संगीत की अस्पष्ट ध्वनि।

''कुछ बात करो।'' भास्कर का स्वर गहरा हो गया।

''तुम मोती के स्वर में भी कम्पन।

भास्कर बुशशर्ट पहने था। मोती की कुर्सी की ओर झुककर हाथ उसकी कुर्सी की बाँह पर रख दिया। मोती ने झुकी पलकों से पल भर उसके हाथ को देखा फिर उँगली से हथेली की पीठ और उँगलियों को सहलाने लगी—''नाखून कितने प्यारे हैं।''

भास्कर ने हथेली उलटकर मोती का हाथ पकड़ लिया। दोनों ने झिझक से रुकने का यत्न किया, परन्तु अपनी कुर्सी से उठ गयी। भास्कर ने दूसरी बाँह उसकी कमर में डाल उसे अपनी गोद में बैठाना चाहा। वह जरा फिसलकर सोफा पर साथ बैठ गयी।

भास्कर की बाँह ने उसे कधों से समेट लिया। मोती सिहरी। भास्कर की कलाई थाम ली पर उसे टोका नहीं। पलकें झुक गयीं। सिर भास्कर के कँधों से टिक गया। भास्कर की दोनों बाँहों ने उसे गूढ़ आलिंगन में समेट लिया। जकड़ की असुविधा से या आनन्द के अतिरेक से मोती ने गहरे निःश्वास से पलकें मूँद गर्दन सोफा की पीठ से टिका दी।

''तुम्हें अच्छा नहीं लग रहा।'' भास्कर ने कान में पूछा। उत्तर में उसका सिर भास्कर के कँधे पर दब गया। भास्कर ने उसके मुख को ठोड़ी से उठाया। पलकें मुँदी हुई थीं। भास्कर के ओंठ उसके ओठों पर दब गये। मोती के शरीर में तनिक कम्पनी, परन्तु उसके ओठ निश्चल रहे। भास्कर ने आवेश से दो बार चूमा। तीसरी बार मोती के ओठों ने जरा थिरक से सहयोग दिया। भास्कर का हाथ मोती के कसे हुए ब्लाउज पर प्यार करने लगा। मोती ने सिहर कर भास्कर की कलाई पकड़ ली पर हाथ को न हटा सकी। भास्कर का आवेश उफन आया। हाथ ब्लाउज के भीतर चला गया।

''ऊँह!'' मोती काँप गयी। भास्कर का कलाई से पकड़ा हाथ ब्लाउज से खींच लिया। दो गहरे निश्वास। जरा सरककर पीठ सीधी कर ली। मोती ने भास्कर की बाँह कंधे पर से हट जाने से पलकें खोलीं। उसका हाथ अपनी ओर बढ़ने की आशा में मुस्करा कर देखा····।

भास्कर उठकर सीधा-स्तब्ध खड़ा हो गया था। तमतमाये चेहरे पर कुछ श्यामलता आ गयी। आँखें सामने दरवाजे की ओर। पल भर ठिठका। दरवाजे की ओर बढ़ा। चिटखनी खोलकर बरामदे में चला गया।

मोती के उद्वेग से ऊष्ण शरीर पर मानों ठंडा छींटा पड़ गया। वस्मित-खिन्न क्या हो गया? ····क्यों?''

मोती खिन्नता में दो-तीन मिनट दरवाजे की ओर टक लगाये बैठी रही····यह क्या?

मोती के सैंडल की आहट पाकर भास्कर उसकी ओर न मुड़ा, जीने की ओर बढ़ गया।

मोती पल भर सुन्न, अपने को सम्भाला। भीतर जाकर पर्स लिया और दाँतों से ओठ दबाये जीना उतरने लगी। भास्कर एक ओर खड़ा था। उसकी आहट से मुड़कर देखे बिना फुटपाथ पर चल दिया। मोती एक कदम पीछे-पीछे कई बार पुकारने का यत्न किया—"सुनो!" पर गला आँसुओं से रुँध गया था।

भास्कर ने सड़क पर गुजरती खाली टैक्सी को संकेत से रोक लिया। टैक्सी समीप होकर रुक गयी। ड्राइवर ने पिछली सीट का दरवाजा खोल दिया। मोती को राह देने के लिये भास्कर एक ओर हट गया। मोती की ओर देखा नहीं। मोती टैक्सी की ओर बढ़ी। बैठने से पहले कुछ कहना चाहती थी। गले में अटके आँसुओं को निगले इससे पूर्व, भास्कर लम्बे कदमों से फुटपाथ पर लौट चला।

"राजेन्द्र नगर।" मोती ने टैक्सी ड्राइवर की जिज्ञासा का उत्तर दिया। मन का आवेग अवश हो गया था, रूमाल आँखों पर रखकर वश में रहने के लिये कई गहरे निःश्वास लिये····इतना अपमान!···सिर पर उठाकर पटक दिया····मैंने क्या किया? ····कुछ तो बोले होते!····अपमान का क्षोभ बन गयी।

भास्कर दरवाजा खुला छोड़ आया था। फ्लैट में लौटना पड़ा। मस्तिष्क क्रोध से उबल रहा था····अजीब खेल!····पुचकार-पुचकार कर दुत्कारना। प्यार प्रदर्शन का यही प्रयोजन था? ····प्रदर्शनी संबंधी टिप्पणी और चित्र खरीद लेने का आभार चुका रही थी। इस आभार में आलिंगन-चुम्बन तक का प्यार! इतने के लिये केवल प्लेटफार्म का टिकट, सवारी का नहीं। विद्रूप की कटुता पर मुस्कराना चाहा।··· शायद परिणाम की आशंका?····परिवार नियोजन का प्रसंग और मोती के शब्द याद आ गये—'एक लड़का काफी, बस लाइन किलयर की बात। अनुमति में प्यार की गाली—'बेशरम।' ····क्या पैंतरा खेला है, अहसान चुकाने के लिये तड़पा दिया। यार को बहला दिया, धर्म बचा लिया। अपने एक ख्याल पर हँसी आ गयी—"मोती कुमारी होती तो शायद प्रस्ताव कर बैठता···। यह भी सौदा था, एहसान चुकाई का पर धर्म बचाकर।

मस्तिष्क की गरमी शांत करने के लिये फ्रिज से बियर की बोतल निकाल ली। सिगरेट सुलगा लिया। घंटे भर बैठा रहा। मोती की बातें और व्यवहार मस्तिष्क में उमड़-घुमड़ आते और उस पर रीझ। उसे अपना विचार और सीमा पहले स्पष्ट कर देने चाहिये थे। यों ललकारने की क्या जरूरत थी····।

भास्कर बैठकर कुढ़ते रहने के बजाये दफ्तर चला गया।

भास्कर चाहता था मोती की याद न आये। परन्तु वह याद मक्खी बन गयी थी, घिनौनी मक्खी। जितना ही हटाओ, सताने के लिये लौटकर नाक पर बैठेगी। संध्या प्रेस-क्लब चला गया। आधी रात लौटा। पलंग पर लेटते ही मोती की याद। यहाँ आने के लिये उसकी सोत्साह अनुमति। नजरों और हाव-भाव से उकसाहट बढ़ाना, 'हम तो भाप बन जाते हैं।'····चुम्बन में सहयोग उसके बाद सतीत्व की लक्ष्मण रेखा!····क्या नाटक! इससे तो प्यार के छलछन्द बिना, आवेग-तुष्टि का अवसर चाहने वाले नर-नारी अच्छे, टकैया भी ज्यादा ईमानदार। मामी की याद आ गयी—कामेच्छा से पशु की तरह निर्द्वन्द्व और सरल। इसकी अपेक्षा तो मिस भी अधिक सच्ची थी, उसने बात साफ कह दी····।

दो संध्या भास्कर ने अप्रिय स्मृति को भुला डालने के खयाल में खूब बियर पी। कुछ लाभ न जान पड़ा। अपनी इस निर्बलता पर ग्लानि अनुभव की। सप्ताह भर से पूर्व ही प्यार की स्थायी संगिनी की खोज की उमंग भूल गयी। ढाई मास उस रेस्तोराँ में जाने का अवसर न आया। उस ओर से गुजरा भी तो नजर उधर न उठी।

× × ×

जून के अन्तिम शनिवार उप-सम्पादक ने भास्कर को चौंका दिया—"भाग्यवान बिल्ले हो। तुम्हारे भागों छींका टूटा। आज रात की गाड़ी से मसूरी चले जाओ।"

भास्कर जानता था, सोमवार से मसूरी में अन्न की अन्तर्राज्य यातायात समस्या पर विचार-विनिमय के लिये केन्द्रीय सरकार के आहार-कृषि सचिवों की अध्यक्षता में, राज्यों के आहार-कृषि सचिवों का एक सम्मेलन हो रहा था। गरमी में तीन-चार दिन मसूरी की सैर का अवसर था। सम्मेलन के विवरण के लिये उप-सम्पादक स्वयं मसूरी जा रहा था।

मसूरी में सम्मेलन का समय था, सोमवार प्रातः दस बजे। समय पर उपस्थिति के लिये रविवार पहुँच जाना उचित था। ट्रेन में जाने-आने और मसूरी के एक अच्छे होटल में तीन दिन के लिये दफ्तर की ओर से स्थान आरक्षित था। शुक्र की रात उप-सम्पादक को तार से सूचना मिली थी—बंगलोर से उसकी बहिन अपने रोगी पति को लेकर इंस्टीट्यूट में परामर्श के लिये रविवार को पहुँचेगी। वे लोग दिल्ली से नितांत अपरिचित थे। उप-सम्पादक मसूरी न जा सकता था। उसने ट्रेन में आरक्षण का टिकट और होटल में स्थान आरक्षण की रसीद भास्कर को सौंप दिया।

भास्कर रविवार साढ़े दस बजे के लगभग मसूरी पहुँच गया। उसके लिये कमरा होटल की मुख्य इमारत से चालीस-पचास कदम नीचे ढलवान पर बनी 'अनेक्सी-कॉटेज' के आधे भाग में आरक्षित था। आराम की जगह और एक तरह से अलग-थलग। उस दिन उसे कुछ काम न था। लंच के बाद विश्राम किया। पाँच बजे चाय लेकर मसूरी देखने के लिये निकल पड़ा। चढ़ते-उतरते ढलवा बाजार और सड़कें। बहुत कुछ शिमला जैसा। सड़क बाजार में टैक्सी-स्कूटर नहीं, घण्टी बजाकर कुलियों द्वारा खींची जाने वाली रिक्शायें। भीड़ संध्या समय शिमला की मालरोड, दिल्ली के कनाट प्लेस और जनपथ से कम नहीं, अलबत्ता बाजार-सड़क कम चौड़े होने के कारण कुछ अधिक। बाजारों में वेशभूषा और व्यवहार—जैसे दिल्ली के युवक-युवतियाँ यहाँ आकर अधिक निस्संकोच और निश्शंक हो गये हों। लड़कियों-युवतियों के प्रसाधन और व्यवहार अधिक भड़कीले और उन्मुक्त। शरीरों पर ब्लाउज-साड़ी, सलवार-कमीज के बजाय बहुत-सी नवयुवतियाँ सीने-कमर की आकृति पर बने स्वेटर-जैकेट और कूल्हे-पिंडलियों पर चिपकी जीनें या तंग पतलूनों में। अधिकांश छोकरे-छोकरियाँ चारों ओर के दृश्यों और अन्य लोगों की उपस्थिति से निरपेक्ष स्वयं नजरों में गड़ सकने के लिये व्यग्र। भास्कर ने लायब्रेरी से कुलड़ी, लंढौर बाजार तक चक्कर लगाया। दिल्ली में धूल भरी, शरीर झुलसाती लू छोड़कर आया था। मसूरी में वर्षा आरम्भ हो चुकी थी। दोपहर में नींद ले रहा था तब भी कुछ बरस गया था। अब भी झीना-झीना बादल था। सजल ठण्डी हवा सुहावनी लग रही थी। शरीर पर हल्का सूट खल नहीं रहा था।

भास्कर छः-सात मील का चक्कर लगाकर कुलड़ी के एक रेस्तोराँ की तीसरी मंजिल पर बार में जा बैठा। बियर ले ली और सिगरेट सुलगा ली। खिड़की से मीलों तक मसूरी और देहरादून के बीच की घाटी दिखायी दे रही थी। खिड़की के बिलकुल नीचे बाजार-सड़कों पर सैलानियों की भीड़, किलकती या ऊँचे स्वर में बहसती टोलियाँ। कन्धे मिलाये या एक दूसरे में बाँहें फँसाये फुस-फुस करते जोड़े। उसकी आँखें बार-बार धाटी से उचट कर भीड़ की ओर चली जातीं। खासकर बाँहें फँसाये, रहस्य वार्ता में डूबे जोड़ों की ओर। मन में वैसे अवसर की उमंग।

महीनों बाद अवसर आया था कि भास्कर गत संध्या दफ्तर से चलने के बाद ट्रेन में और होटल पहुँचकर अब तक जरूरत के आठ-दस वाक्यों से अधिक न बोला था। खयाल आया—यहाँ कुछ दिन रहना हो तो तफरीह के लिये संगति भी चाहिए। यदि मन पसन्द युवती हो····। याद आया, मोती मसूरी में होगी। उसने बताया था—उसके पिता बरसों मसूरी नगरपालिका के इन्जीनियर रहे थे। यहाँ कुछ सम्पत्ति बना ली है। रिटायर होकर बस भी गये। वह प्रति वर्ष मई में मिस्टर के साथ मसूरी आती है। मिस्टर एक मास रहकर कोर्ट खुलने पर दिल्ली लौट जाते हैं। उनका छः बरस का बेटा नाना-नानी के पास रहता है अंग्रेजी स्कूल में पढ़ता है। मोती के विवाह के बाद उसका जवान अविवाहित भाई अचानक असाध्य रोग से जाता रहा। मोती के माता-पिता तब से बहुत दुखी थे। दोहते के समीप रहने से उनका मन बहला रहता था। मोती आधी जुलाई में कालेज खुलने पर दिल्ली लौटती है।

मोती की याद से भास्कर की कल्पना में उसकी प्यारी आकृति, मुग्ध दृष्टि और प्यार भरी बातें कौंध गयीं और फिर उस दोपहर का उसका व्यवहार। यदि वह आसक्ति दिखाकर इतना बढ़ावा न देती, वह नौबत क्यों आती? कभी-कभी भेंट होती रहती। मसूरी में उसका पता मालूम होने से कुछ बातचीत, साथ घूमने का अवसर हो सकता था····। अब अचानक कहीं उसे सामना हो जाये····उस कटुता को जगाने से क्या लाभ! बीत गयी सो बात गयी। होटल में भी बार था, परन्तु खिड़की में घाटी का और नीचे सड़क का नजारा अच्छा लग रहा था। एक बियर और ले ली। आठ बजे तक बैठा रहा।

दूसरे दिन भास्कर सुबह तैयार होकर समय से सम्मेलन के स्थान पर पहुँच गया। सरकारी अफसरों में विचार-विनिमय। राज्यों के सचिव, केन्द्रीय आहार-कृषि मंत्रालय के सचिव के मत का समर्थन करने के लिये उत्सुक। दो राज्यों के सचिवों ने संकोच से अन्न वितरण सम्बन्धी कुछ मूल प्रश्नों की ओर संकेत करना चाहा। केन्द्रीय सचिव ने टोक दिया—"तत्काल प्रश्न है, आगामी चुनाव तक अन्न का मूल्य नीचा रखने का। मूल नीति पर चुनाव के पश्चात ही विचार का अवसर होगा। नये मंत्रिमण्डल की नीति के अनुसार।" केन्द्रीय सचिव ने प्रेस प्रतिनिधियों की ओर कटाक्ष किया, "यह हमारी निजी बात है!" केन्द्रीय सचिव ने विदेश से अन्न के आयात और उसके शीघ्र वितरण की व्यवस्था के विषय में सूचनाएँ दीं। राज्य सचिवों ने समर्थन किया। अन्तिम निश्चय दूसरे प्रातः तक के लिये स्थगित। परामर्श दो घण्टे से पूर्व समाप्त हो गया। भास्कर ने टाउनहाल के समीप एक रेस्तोराँ में बैठकर 'स्टोरी' (खबर) तैयार की। तारघर जाकर संवाद दिया। डेढ़ बजे तक होटल लौट आया। लंच लेकर कुछ दिवानिद्रा। साढ़े चार चाय लेकर फिर घूमने निकल गया।

भास्कर कुलड़ी से लंढौर की ओर बढ़ रहा था। जहाँ किनक्रेग से उठकर छोटी सड़क बाजार से मिलती है, ऊपर आती एक युवती की पीठ पर भास्कर की नजर पड़ी। पीले रेशम की साड़ी, आवश्यकता के समय पहनने के लिये ऊनी कोटी कन्धों पर। युवती की आकृति से भास्कर ठिठकने को था कि युवती सड़क पर कदम रख उसकी ओर घूम गयी; आँखें चार····मोती! चढ़ाई के श्रम से मोती का चेहरा गुलाबी था। आँखें उल्लास से दमक उठी। समीप लपक आयी—"कब आये?"

भास्कर की कटु स्मृति और क्षोभ सहसा विलीन। मोती के चेहरे, दृष्टि और स्वर की किलक ने सब कुछ बदल दिया। मन उमग आया। मुस्कराकर बताया—कैसे, कब आया और ठहरने का स्थान भी।

मोती ने भी बताया—सड़क से डेढ़-दो सौ कदम नीचे उसके पिता का मकान या छोटा बँगला है। मई के आरम्भ में गयी थी। मिस्टर····जून में कोर्ट खुलने पर लौट गये। उसे अभी दस-बारह दिन ठहरना था। एक अस्वस्थ सहेली के यहाँ जाने के लिये घर से निकली थी पर ऐसा जरूरी न था, फिर सही। भास्कर भी घूमकर समय काटना चाहता था।

"उधर कैमल बैक रोड पर चलें। भीड़ कुछ कम होगी। बैठ सकने के लिये बेंचें भी हैं।" मोती की दृष्टि और स्वर साधिकार अनुरोधपूर्ण थे।

मोती बहुत समीप चल रही थी। कन्धा भास्कर की आस्तीन छू जाता। उसने भास्कर की ओर नजर उठायी—"उस दिन यों ही इतने नाराज हो गये।" स्वर में कातरता, "हमारी इतनी इनसल्ट। हमारी बात भी नहीं सुनी।" कहती गयी, "मैं इतना रोयी, इतना रोयी....." स्वर भारी हो गया। मान भरी दृष्टि से भास्कर की आँखों में देखा।

भास्कर का मन द्रवित और शरीर झंकृत। कटु स्मृति को कुरेदना नहीं चाहता था। "गलतफहमी में मुझसे धृष्टता हो गयी। खेद है।..... जानती हो, तुम्हें कितना चाहता हूँ।"

"झूठे?" मोती ने उसकी आँखों में देखा, "हम तो उस शनीचर, अगले मंगल और फिर एक बार वहाँ रेस्तोराँ में जाकर आधे-आधे घण्टे प्रतीक्षा करते रहे। अपनी किस्मत को कोसकर लौट आये। एक बार सोचा फ्लैट में ही जाकर देखूँ पर क्या भरोसा था, वहाँ मिलो न मिलो या कोई और बैठा हो। मन व्याकुल हुआ तो पत्र लिखने का खयाल आया पर डर था किसी दूसरे के हाथ न पड़ जाये।"

"अपनी गलतफहमी के लिये क्षमा माँग रहा हूँ। पाँव छूने को तैयार....।" भास्कर मुस्कराया। मन चाह रहा था उसे सड़क पर ही आलिंगन में ले ले।

"बड़े वैसे हो।" मोती ने प्यार से क्रोध प्रकट किया।

वे लोग कैमल बैक रोड की लायब्रेरी की ओर छोर पर पहुँच गये थे। रास्ते में कई बेंचें दिखायी दीं, परन्तु सभी पर लोग बैठे थे।

"कहीं बैठें।" मोती ने कहा, "घुटने थक गये हैं।"

"तुम्हीं बताओ, कहाँ चलें?" भास्कर ने पूछा, "यहाँ दो ही रेस्तोराँ जानता हूँ। वहाँ जरूर भीड़ होगी।"

"रेस्तोराँ में इस समय बहुत भीड़ होगी। स्थान भी शायद ही मिले। तुम्हारा होटल कैसा है, कहाँ है?"

"दूर नहीं, यहाँ से केवल फर्लांग भर।" भास्कर ने बताया, "बिलकुल अलग कमरा है, अनेक्सी में।"

मोती ने घड़ी की ओर देखा—"वहीं क्यों न चलें, कुछ देर बैठ लेंगे।"

भास्कर यही चाहता था। मोती को होटल ले गया। संध्या बाहर जाते समय कमरे की चाबी दफ्तर में न लटकाकर साथ ही ले गया था। मोती को साथ लिये मुख्य इमारत की बगल से अनेक्सी की ओर उतर गया।

"बहुत अच्छी जगह है।" कमरे में नजर दौड़ाकर मोती ने कहा। कमरा लम्बाई में अच्छा बड़ा था। आधे में मोटे कपड़े के पर्दे के पार्टीशन से बटा हुआ। दरवाजे की ओर भाग में बैठक के लिये छोटा सोफासेट, एक नीची मेज। कोने में लिखने की छोटी मेज, कुर्सी, टेलीफोन। पार्टीशन आधा खिंचा हुआ था। दूसरी ओर बिस्तर लगा पलंग और ड्रेसिंग आलमारी। कमरे में सूर्यास्त का छुटपुटा हो गया था, परन्तु भास्कर ने रोशनी न की।

कमरे में आकर मोती को कुछ गरमी सी मालूम हुई। उसने अपनी कोटी कन्धे से उतारकर कुर्सी की पीठ पर रख दी। वह सोफा के बायें कुर्सी पर बैठ गयी। भास्कर ने कोट उतारकर पार्टीशन के पीछे पलंग पर फेंक दिया और मोती की ओर सोफा पर बैठ गया।

"कुछ चाय-कॉफी या कोक मँगवा लूँ!

"न न! यहाँ बातचीत के लिये आये हैं।" मोती मुस्करायी।

भास्कर पुरानी कलख दूर कर सकने के लिये व्याकुल हो रहा था। ओठों से प्यार का संकेत कर दिया। मोती लाज से मुस्करायी और नजर से किवाड़ खुले होने की चेतावनी। दरवाजे पर भारी परदा था, परन्तु किवाड़ खुले थे। भास्कर ने उठकर किवाड़ों पर चिटखनी चढ़ा दी।

सोफा पर बैठते-बैठते उसने मोती को कोहनी से पकड़कर अपनी गोद में खींच लिया। मोती सिमटी-झिझकी, परन्तु उसकी गोद में हो गयी। भास्कर ने उसे गूढ़ आलिंगन में कस लिया। वह सिहरी, परन्तु सिर भास्कर के कन्धे पर लग गया। भास्कर ने उसके केश और माथा चूमे। मोती उससे दब गयी। भास्कर ने उसका मुख ठोड़ी से उठाकर पलकें चूमीं और फिर ओठ कई बार। उसके ओठों ने थिरकन से उत्तरोत्तर सहयोग दिया। भास्कर का दाहिना हाथ उसकी कसी हुई कुर्ती पर प्यार करने लगा। मोती कुछ काँपी। भास्कर के सीने पर दबी दाहिनी

बाँह खींचकर उसके कंधे पर टिका ली। सीने से चिपक गयी। भास्कर ने उसकी कुर्ती के बटन खोल दिये। मोती का बायाँ हाथ उसकी कलाई पर आ गया, परन्तु उसे हटाया नहीं। भास्कर के हाथ को स्थान न देने के लिये उसके सीने से और चिपक गयी। मुख भास्कर की ओर उठ गया। अधमुँदी आँखें गहरी गुलाबी। भास्कर के ओठ फिर उसके ओठों पर झुक गये। दाहिना हाथ कुर्ती में और बायाँ हाथ उसके कूल्हे पर प्यार कर रहा था। मोती उसकी गोद में बिलकुल निढाल। पलकें मुँद गयीं, साँस तेज। भास्कर के कंधे पर रखी बाँह आवेग से गर्दन पर कस गयी। उसे और अधिक समेटने के लिये भास्कर का बायाँ हाथ कुल्हे से उठकर नाभी पर पहुँचा और फिर नीचे साड़ी की ओर····।

मोती तड़पकर झटके से उठी, जैसे बिजली का तार छू गया हो और अपनी कुर्सी पर हो गयी। भास्कर ने कुंठित उद्वेग और विस्मय से उसकी ओर देखा। मोती के तमतमाये चेहरे पर पसीने की चमक आ गयी थी लाज की मुस्कान। गहरी गुलाबी आँखों पर पलकें झुकी हुई नजर कनखी से भास्कर की ओर।

भास्कर ने हाथ बढ़ाकर उसे फिर खींचना चाहा। मोती ने झुककर चेहरा घुटनों पर दबा लिया। खिंच न जाने के लिये बायें हाथ से सोफा कुर्सी की बाँह पकड़ ली।

मोती की बाँह पर भास्कर का हाथ ढीला हुआ और वापस लौट गया। फिर उसी दोपहर का अनुभव—उद्वेग में तने शरीर को निरादर का धक्का।

वही वाहियात तमाशा। भास्कर ने दाँत पीस लिये। उठकर दरवाजे की ओर बढ़ गया।

मोती ने चिटखनी गिरने की आहट से सिर घुटनों से उठाकर देखा—भास्कर किवाड़ खोलकर बाहर निकल गया था।

भास्कर के उद्वेग का अतिरेक क्षोभ और बौखलाहट बन गया। बाहर बिजलियाँ जल गयी थीं। वह क्वणित उत्तेजना की खिन्नता वश कर सकने के लिये होटल की मुख्य इमारत और अनेक्सी के ढलवान पर फुलवाड़ी में चक्कर लगा रहा था।···फिर वही तमाशा।····क्या नहीं जानती थी? ····नाराजगी की शिकायत में रोना किस बात का था।····यहाँ आने की उत्सुकता और किवाड़ बंद करने का सुझाव किसलिये!····

चिपट-चिपटकर उकसाना और फिर यह पैंतरा!····ऐसी अल्हड़ भोली नहीं है····पुरुष के संग का सात बरस का अनुभव, एक बच्चे की माँ। दूसरे की उत्तेजना और व्याकुलता के साथ खिलवाड़ का संतोष।····प्यार की कसमें, छिप-छिपकर मिलने की व्याकुलता, प्यार का आवेग—आलिंगन-चुम्बन। नाभि के नीचे लक्ष्मण रेखा। वही सतीत्व है! प्यार का उससे कोई सम्बन्ध नहीं! पति के लिये आरक्षित! भय है तो इतना बढ़ने की जरूरत? ···एक बार तिरस्कार पाकर भी तृष्णा में मूर्ख बना होटल में डिनर की घंटी बज गयी। वह चौंका, आठ बज गये।

भास्कर ने कमरे में लौटकर प्रकाश किया, मोती जा चुकी थी। मुख क्वणित उत्तेजना से कड़वा हो रहा था। खाने की इच्छा न थी। सोचा—कुढ़ते रहने से लाभ।····हो गया सो हो गया। ठंडे पानी से मुँह-हाथ धोये। टाई सीधी की। कोट पहनकर डाइनिंग हाल में पहुँचा। उसी मेज पर बैठा, जहाँ पहले तीन बार बैठ चुका था। मेज के साथी कानपुर के एक बड़े उद्योगपति परिवार के थे। भास्कर का प्रभावशाली पत्र से सम्बन्ध जानकर प्रसन्न थे। प्रथम भेंट से ही बैंकों के राष्ट्रीयकरण के महत्वपूर्ण प्रश्न के प्रसंग में व्यावहारिक पक्ष पर प्रकाश डालने का यत्न कर रहे थे। गत संध्या भास्कर ने उनके मत पर कुछ शंकाएँ की थीं, परन्तु इस समय 'हूँ हूँ, ठीक है' से अधिक सहयोग न दे सका। जल्दी ही उठ गया।

कमरे में लौटने पर घंटे भर पूर्व की घटना फिर कल्पना में साकार होने लगी····यहाँ आने की उत्सुकता···फिर····फिर····। तिरस्कार की याद में मन कड़वा होने लगा। कुछ दूर घूम आने या किसी सिनेमा में दूसरे शो तक समय काट सकने के विचार से कमरा बंदकर चल दिया।

उग्र उत्तेजना असंतुष्ट रह जाने के कारण भास्कर को चलने में कुछ असुविधा हो रही थी। इस असुविधा से अपनी मूर्खता पर ग्लानि हो रही थी। होटल से फर्लांग भर ही गया था। सड़क किनारे एक बेंच दिखायी दी। बेंच की पीठ सड़क की ओर, सामने दून घाटी के अँधेरे के आवरण में रहस्यमय विस्तार। दूर राजपुर और देहरादून की सड़कों पर रोशनी की झिल-मिलाती दिवाली। बेंच के सिरे पर बैठा प्रौढ़ सिगरेट सुलगाये सामने देख रहा था। चलने में असुविधा अनुभव कर भास्कर बेंच के दूसरे सिरे पर बैठ गया, सिगरेट सुलगा ली। मोती की स्मृति से बचने के लिये

डाइनिंग हाल में उद्योगपति से सुने बैंकों के राष्ट्रीयकरण के प्रति चेतावनी के तर्क और मीमांसा याद कर हँसने लगा। दोपहर पूर्व सचिवों की गोष्ठी में सुनी बातें भी याद आयीं।

भास्कर एक वामपक्षी साप्ताहिक के लिये मास में दो बार सामयिक आर्थिक समस्याओं पर लिखता है। इस लेखन में अपने पत्र की नीति का बन्धन नहीं रहता। दिन में सुनी बातों में चुस्त, व्यंग्यपूर्ण टिप्पणियों का मसाला मिल गया।

"यह तो बरसेगा।" प्रौढ़ स्वगत बोला। भास्कर अपने विचार से चौंका। सामने दूर दिखायी देती दिवाली लोप हो गयी थी। घाटी से घना बादल उठा चला आ रहा था। प्रौढ़ उठ गया। भास्कर भी होटल की ओर लौट चला।

भास्कर होटल के फाटक से पचास कदम इधर ही था कि उसे फाटक की मेहराब पर लगे तेज प्रकाश में, फाटक के समीप दूसरी ओर से आती एक महिला दिखायी दी। बीस-पच्चीस कदम और बढ़ने पर युवती का आकार स्पष्ट हो गया। युवती की चाल इतनी धीमी कि किसी की प्रतीक्षा में हो। समीप आने पर संध्या पार्टी या समारोह में जाने का प्रसाधन और साज-सज्जा स्पष्ट हो गये। भास्कर होटल के फाटक की ओर हुआ तो सुनायी दिया—"गुड ईवनिंग।"

भास्कर की नजर घूमी। युवती एक कदम समीप हो गयी। उसकी मुस्कान और दृष्टि के उत्तर में शिष्टता की मुस्कान से उत्तर दिया—"गुड ईवनिंग।" युवती एक कदम और समीप हो गयी, "क्षमा कीजियेगा। अपरिचित हूँ परन्तु आपत्ति न हो तो डांस में आपके साथ चल सकती हूँ, आप अकेले हैं?"

होटल के भीतर से संगीत-वाद्य का धीमा स्वर आ रहा था। भास्कर को याद आ गया, होटल में नृत्य-संध्या थी।

"निश्चय!" भास्कर सौजन्य से मुस्कराया, "मुझे प्रसन्नता होगी।" मस्तिष्क में कौंध गया—टैक्सी-टकैया! नयी दिल्ली के होटलों और रेस्तोराँ में नाच की संध्या ऐसी युवतियाँ प्रायः दिखायी दे जाती हैं। मेहराब पर लगी तेज रोशनी से युवती का प्रसाधन, बनी हुई पतली भौंवें, होठों पर चमकीला गुलाबी रंग भड़क गये थे। मन में विरक्ति सी उठी, परन्तु मोती के व्यवहार के प्रति खिन्नता से दब गयी। अपने कमरे

में जाकर कुढ़ने की अपेक्षा यह बेहतर था। युवती उसके कन्धे के समीप हो भीतर चलती बोली—''ऐसी जगह प्रायः संगी साथी के बिना महिलाओं का प्रवेश भला नहीं लगता।''

''अब हम संगी-साथी हैं।'' भास्कर उसकी ओर देख मुस्कराया। सोचा, घंटे दो घंटे यह तमाशा भी देखा जाये।

युवती कद और आयु के अनुमान से मोती के बराबर या बीस-इक्कीस। शरीर भरा-भरा। चेहरा उतना भोला नहीं, कुछ चकला, नाक जरा फैली सी, आँखें बड़ी-बड़ी। वर्ण; संध्या प्रसाधन से सभी युवतियाँ गोरी हो जाती हैं, फिर भी उतना उजला नहीं।

हाल में नाच चल रहा था। मध्यम लाल प्रकाश। माइक पर एक युवती पश्चिमी धुन में गा रही थी। वाद्य वृन्द धीमा था। कई जोड़े नाच रहे थे। शेष लोग जहाँ-तहाँ दीवालों के किनारे लगे। सोफा-कुर्सियों पर बैठे समीप लगी नीची मेज पर रखे गिलासों से चुस्कियाँ ले रहे थे या सिगरेट-सिगार से कश ले रहे थे। भीड़ अधिक न थी। भास्कर और युवती बायें कोने में खाली सोफा की ओर बढ़ गये। युवती कुछ अन्तर से नहीं, निसंकोच साफ बैठी। बैठते ही उसने धीमे स्वर में बता दिया—''मैं हेना हूँ।''

''मुझे भास्कर पुकारिये। मसूरी में ही रहती हैं?''

''नहीं, कलकत्ता की····फर्म में काम करती हूँ।''

भास्कर फर्म के नाम से परिचित न था। हुँकारा भरा—''वैरी गुड। काफी बड़ा कारोबार होगा।''

''हाँ-हाँ, काफी बड़ा कारोबार है।'' हेना कहती गयी, ''एक मास की छुट्टी मिल सकती थी। कलकत्ता में कितनी गरमी और उमस, ओफ! मेरे मौसी-मौसा हर साल चार-पाँच मास के लिये यहाँ आ जाते हैं। स्थान की असुविधा नहीं है। एक फ्रैण्ड साथ आया था। सोचा था, गरमी से बचाव और तफरीह रहेगी। फ्रैण्ड को तुरन्त लौटने का सन्देश आ गया पाँच ही दिन बाद। दो बरस पहले आयी थी तब तीन-चार साथी थे। खूब तफरीह रही। मौसी-मौसा प्रौढ़ हैं। इस बार दो सप्ताह से सड़कों-बाजारों में अकेली घूम-घूमकर खीझ गयी हूँ।''

''दिल्ली से आया हूँ तीन दिन के लिये, पर अकेला ऊब रहा था। सौभाग्य से रोचक संगति मिल गयी धन्यवाद।'' भास्कर मुस्कराया।

"अनुगृहीत हूँ।" हेना ने आभार से अधमुँदी पलकों और मोहक मुस्कान से गर्दन झुका दी। वह ऐसी या ऐसे अवसर पर मिलने वाली युवतियों की तरह अंग्रेजी बोल रही थी पर लहजा और उच्चारण मंजा हुआ।

हाल में उजला प्रकाश हो आया। डांस, संगीत और वाद्य स्थगित हो गये। बैरे ने समीप आकर सेवा आदेश के लिये सलाम किया। भास्कर ने हेना की ओर देखा—"क्या पसन्द करेंगी?"

"कुछ भी, कोक; जो चाहें।"

"ह्विस्की से परहेज है?"

"परहेज तो नहीं" हेना मुस्करायी, "साथ दे दूँगी।"

भास्कर ने समझ लिया खिलाड़ी है, आसामी की खोज में—देखा जायेगा। बैरे को उत्तर दिया—"दो ह्विस्की।" बात चलाने के लिये पूछा, "आपके मौसी-मौसा इधर समीप ही ठहरे हैं?

"ना-ना, यहाँ से दो मील···के पास।" हेना ने बताया, "यहाँ लायब्रेरी के उत्तर जरा नीचे एक परिचित दम्पत्ति हैं। आज दोपहर से पहले कुलड़ी में मिल गये थे। उन्होंने आठ बजे डिनर पर इनवाइट किया था। सिनेमा का दूसरा शो देखने की बात थी। पौने आठ आयी तो घर में केवल नौकर था। बोला—चौथे पहर खबर आयी, चंडाल गढ़ी में साहब के दोस्त के बेबी की मिट्टी हो गयी। दोनों उधर गये हैं। कल दोपहर में लौटेंगे। क्या करती, पैदल आयी थी। थकी हुई थी। उधर एक रेस्तोराँ में सुस्ताने के लिये बीस-पच्चीस मिनट कॉफी के लिये बैठी रही। बड़ी आशा से आयी थी। सोच रही थी, क्या करूँ?"

"सो सैड।" भास्कर ने सहानुभूति प्रकट की।

"धन्यवाद।" हेना कहती गयी, "यहाँ होटल के सामने आयी तो नाच की धुन सुनायी दी। भीतर आने को मन हो आया। तभी आप होटल के फाटक में मुड़ते दिखायी दिये। अनुमान किया, डांस में जा रहे हैं।"

"तुम्हारी असुविधा मेरा सौभाग्य बन गयी।"

"सो काईंड आफ यू!" हेना का कटाक्ष और मुस्कान और मोहक हो गये।

बैरे ने ह्विस्की के गिलास के समीप छोटी-नीची मेज पर रखकर उनकी आवश्यकता-नुसार सोडा डाल दिया। हेना ने भास्कर के अनुरोध से गिलास उठाया—"तुम्हारे लिये शुभ।"

"रोचक संगति के लिये।" भास्कर ने कटाक्ष किया।

"निश्चय!" हेना ने कटाक्ष से स्वीकार किया।

हाल में फिर मध्यम लाल प्रकाश। नाच की दूसरी धुन पर संगीत और वाद्य। कुछ जोड़े नाचने लगे। भास्कर ने सिगरेट सुलगा ली और झिझका—"क्षमा करना, तुम्हें पेश नहीं की।"

"कोई बात नहीं। आदत नहीं है।" हेना मुस्करायी, "पर ड्रिंक के साथ जरा अच्छा लगता है।" उसने भास्कर की ओर हाथ बढ़ा दिया, "इसी से एक कश ले लूँगी।" हेना ने दो हल्के कश लेकर सिगरेट लौटानी चाही।

मध्यम लाल प्रकाश में भी भास्कर को सिगरेट पर लिपस्टिक का दाग दिख गया। टकैया का जूठा सिगरेट लेने की इच्छा न हुई—"चालू रखो।" भास्कर ने दूसरा सिगरेट लगा लिया।

हेना नाचते जोड़ों, खासकर महिलाओं के नाच की आलोचना करने लगी—"दायें कोने वाली को देखो। जानती नहीं, कैसे पाँव घसीट रही है। वह ठिंगनी अच्छा नाचती है पर साथी कितना मोटा है। बेचारी हिरनी भैंसे के गले बँध गयी।....उसके कूल्हे देखना, साड़ी चर्र हो जायेगी।"

वह नाच और धुन समाप्त होने पर फिर उजला प्रकाश। भास्कर ने एडवेंचर की उमंग में गिलास समाप्त कर दिया था। हेना ने भी तीन चौथाई।

"इसे समाप्त करो।" भास्कर बोला और बैरे को दो और लाने के लिये संकेत कर दिया।

नये गिलास से दो घूँट भरकर हेना बोली—"इस बार हम भी नाचें!"

"खेद है नाचना आता नहीं।" भास्कर ने क्षमा चाही।

"पर तुम तो नाच में आये थे?" हेना ने विस्मय प्रकट किया।

"नहीं इसी होटल में ठहरा हूँ।"

"तो मैं आपको बोर कर रही हूँ।" हेना का स्वर द्रवित हो गया, "ऐसा नाच देखने में क्या संतोष? कत्यक, भरतनाट्यम या मुजरा थोड़े ही है कि देखकर मन रम जाये। बाल डांस में तो स्वयं नाच सकने या संगति का ही रस होता है।

ह्विस्की के सरूर, हेना के वस्त्रों की सुगन्ध, युवती के अति सामीप्य और उसके हाव-भाव की ऊष्मा से भास्कर के शरीर में संध्या की विफल उत्तेजना से क्वणित स्नायु और शैथिल्य दूर होकर फिर उमंग आ गयी। उसने कटाक्ष किया—"तुम्हारी संगति का दुर्लभ रस पा रहा हूँ। यू आर सो चार्मिंग। तुम जरूर बोर हो रही हो।"

"नो नो डियर।" हेना का कन्धा उसकी ओर झुक गया। अधमुँदी पलकों से गुलाबी आँखें मिलाकर प्यार से बोली, "सच कहूँ, होटल के बाहर डांस के लिये मन हुआ तो तुम सामने से आते दिखायी दिये। कुछ पल देखा तो तुम इतने अच्छे लगे, अनुरोध किये बिना न रह सकी।"

भास्कर का रक्त पूरे उफान पर—"मेरा सौभाग्य।" और घुटना हेना के घुटने से लगाकर हटा लिया। असावधानी के लिये क्षमा माँग ली।

हेना उसके घुटने पर हाथ रखकर मुस्करायी। भास्कर उसकी ओर खिसक आया। हेना का हाथ अपने हाथ में ले दोनों जाँघों के बीच सोफा कर दबा लिया। हेना के हाथ ने सुख की सिहरन में सहयोग दिया। भास्कर ने आश्वासन पाया—ठीक है। दोनों स्पर्श सुख के लिये हाथों के पंजे फँसाये रहे।

चौथे नाच के बाद फिर उजला प्रकाश। भास्कर का गिलास खाली हो गया था। हेना के गिलास में दो घूँट शेष—"एक और मँगाया जाये।" भास्कर ने प्रस्ताव किया।

"नो नो डियर।" हेना ने हाल की दीवार पर लगी घड़ी की ओर नजर उठयी, "साढ़े दस हो गये। बहुत अच्छा लग रहा है, परन्तु मौसा का घर बहुत दूर है। इतनी रात में अकेले कैसे जाऊँगी!"

"तुम तो सैकण्ड शो के लिये आयी थीं। वह बारह-साढ़े बारह तक चलता है।" भास्कर ने शंका की।

"उन लोगों के साथ सिनेमा जाती हूँ तो उतनी रात में घर नहीं लौटती। वहाँ मेरा सामान भी है। मौसी से कह आयी हूँ, रात सहेली के यहाँ रहूँगी। सुबह तड़के लौटूँगी।"

"तो फिर जल्दी क्या है?" भास्कर को हेना के अभिप्राय में संदेह न रहा।

"मुझे तो जल्दी नहीं है।" हेना ने मुस्कराकर चिन्ता प्रकट की, "डांस तो बारह तक समाप्त हो जायेगा। फिर क्या करूँगी?"

"क्यों, मुझसे ऊब गयीं?" भास्कर ने प्रश्न किया।

"नहीं डार्लिंग!" हेना ने भास्कर का हाथ प्यार से दबाकर गहरे स्वर में पूछा, "पर कहाँ जायेंगे?"

"होटल में मेरे पास दो पलंग का कमरा है। बाथरूम भी।"

होटल की मुख्य इमारत से अनेक्सी की ओर ढलवान पर उतरते समय हेना ने लुढ़कने की आशंका में भास्कर की आस्तीन पकड़ ली। उसने हेना की बाँह अपनी बाँह में ले पूरा सहारा दे दिया।

कमरे में पहुँच भास्कर ने दरवाजे के समीप दीवार पर स्विच दबाकर रोशनी कर दी। किवाड़ मूँद चिटखनी लगाकर पर्दा सामने कर दिया दरवाजे के सामने की दीवार के बीच खिड़की का पर्दा हटा हुआ था। हेना ने बढ़कर पर्दा खिड़की पर खींच दिया। भास्कर ने हेना को आलिंगन में लेना चाहा। वह लाज से सिमटी। भास्कर ने बाँहों में समेट लिया तो उसने बाँहें भास्कर के गले में डाल सिर उसके कन्धे से लगा दिया। भास्कर की बाँहों की जकड़ बढ़ गयी। हेना के चेहरे की ओर गर्दन घुमाकर उसके होठों को चूमना चाहा।

हेना ने हाथ भास्कर के कन्धों पर रख गर्दन पीछे हटा उसे भरपूर नजर से देखा—"हाओ हैंड सम!" बाँहें उसकी गर्दन में डालकर कस लीं। होंठ उसकी ओर उठा दिये। भास्कर ने गहरे चुम्बन का यत्न किया। हेना ने अधर फैलाकर दाँतों से दाँत सटा दिये। बाँहों और चुम्बन की जकड़ पूरी शक्ति से।

भास्कर ने उत्कट उद्रेक से हेना को बाँहों में उठाकर पलंग पर सजे बिस्तर पर रख दिया। उसके हाथ मचलने लगे। हेना ने उसके हाथ पकड़ प्यार से अनुनय किया—"ठहरो डार्लिंग! सुबह यही कपड़े पहनने हैं। मुस जायेंगे।"

"हाय, मेरे रात के कपड़े तो सहेली के यहाँ हैं।" हेना ने अपने पाँवों पर सम्भलकर चिंता प्रकट की, "क्या करूँगी?"

"परवाह मत करो।" भास्कर बोला।

हेना मुस्करायी। अच्छा तुम कपड़े बदल लो। मैं बाथरूम में बदल लेती हूँ। वह अपना पर्स लेकर बाथरूम में चली गयी।

भास्कर ने ड्रेसिंग आलमारी से रात का कुर्ता-पाजामा लेकर कपड़े बदले। उजले प्रकाश के बजाय पलंगों के सिरहाने मध्यम प्रकाश कर लिया।

बाथरूम का दरवाजा खोला हेना निकली। भास्कर को रोमांच। आँखें उत्सुक कौतूहल में फैल गयीं। तहाये हुए साड़ी, पेटीकोट, ब्लाउज, हेना की बाँह पर थे। कन्धे पर सामने डाले बड़े तौलिये में लाज से सिमटी झुकी। शरीर पर केवल अँगिया और तिकोना तंज जाँघिया। चेहरे, कन्धों, बाँहों पर नये पाउडर की ताशगी और ताजा सेंट की महक।

हेना भास्कर की नजर से झेंपकर मचली—"आँ...., मत देखो।" उसने तहाये हुए कपड़े, पर्स सोफा कुर्सी पर सहेजे और पलंग पर लपककर लिहाफ में हो गयी। भास्कर ने पलंग पर आकर अपनी आँखों की तृष्णा में लिहाफ पीछे झटक दिया। उसके पूरे शरीर को देखना चाहा। पूरे शरीर का स्पर्श। "हाय" हेना ने अपनी नग्नता देखी जाने के संकोच से पलकें मूँद करवट लेकर अपना चेहरा भास्कर के सीने पर दबा दिया। कोहनी पर उठ एक हाथ से रजाई ऊपर खींच ली और दूसरे हाथ से भास्कर के कुर्ते के बटन खोलने लगी। भास्कर सिहरा पर रोका नहीं। हेना ने उसकी बनियान भी ऊपर खींचकर उतार दी। उच्छ्वास लिया—"हाओ हैण्डसम।" उसके सलोम वक्षस्थल को चूमने लगी। भास्कर की विकट जकड़ और चुम्बनों के प्रतिदान में उससे लिपट भास्कर के पूरे चेहरे को चूमा। उसके व्याकुल उद्रेक को प्रश्रय और उत्साह देने के लिये उसका मुख स्तनों पर दबाकर कुलाई—"आह स्वीट।" अन्तिम सिस्कारी में विभोर तृप्ति की दुहाई, "ओह मैं मर गयी, बस! ओफ डार्लिंग, यू आर ग्रेट!"

भास्कर को नारी शरीर के स्पर्श से उत्तेजना और संग से तुष्टि का पूर्व अनुभव था—झिझक, संकोच और सिमटन के रूप में या चोरी में स्पर्श से तुरन्त अदम्य उफान की शीघ्र तृप्ति से शैथिल्य का। उस प्रक्रिया में केलि-कौतुक और क्रीड़ा का नहीं। हेना ने उसे खिला-खिलाकर चरम

उत्तेजना के दीर्घ उन्माद और पौरुष के चरम संतोष का अद्भुत अवसर दिया और इस अनुभव के अन्त में आत्मग्लानि नहीं।

× × ×

कन्धा हिलाये जाने से भास्कर की नींद टूटी। आँखें खुलीं तो अपने चेहरे पर झुकी हेना की आतंकित आँखें। हेना ने दरवाजे की ओर संकेत किया। किवाड़ों पर दस्तक सुनायी दी—"साब चाय।"

भास्कर समझ गया। पहले दिन बैरे ने बेड टी के लिये टाइम पूछा था। नयी जगह में समय से तैयार हो सकने की सावधानी में सुबह छः बजे चाय लाने के लिये कह दिया था। उस समय किवाड़ खोल न सकता था। रात केलि-क्रीड़ा के उन्माद में न उसके शरीर पर कुछ रह गया था, न हेना के। पलंग से दरवाजे की ओर झुककर ऊँचे स्वर में कह दिया—"अभी नहीं, हम बुला लेंगे।"

निरावरण हेना के सामीप्य, स्पर्श और रात के अनुभव की स्मृति से भास्कर की शिराएँ पुनः उत्तेजना से अवश। रात केलि-क्रीड़ा में हेना के चेहरे का पाउडर पुछ गया था। भौंवों की स्याही और होंठों की लाली माथे और गालों पर फैल गयी थी, केश उलझे-बिखरे हुए। अपने पराक्रम के साक्षी यह चिन्ह भास्कर को और भी मोहक-उत्तेजक लगे। उद्रेक में उसे फिर बाँहों में कस लिया। हेना ने आदर सहयोग से और उकसाया। भास्कर ने भी रात की अपेक्षा अधिक उद्दीपन और सामर्थ्य की तुष्टि अनुभव की। भास्कर को फिर झपकी आ गयी।

दूसरी बार भास्कर की नींद टूटी। हेना उसकी ठोढ़ी पकड़कर मुस्करायी—"डियर, साढ़े सात हो गये, अब जाऊँगी।" हेना ने कुछ पहले उठकर गुसलखाने में मुँह धोकर कपड़े पहन लिये थे। अनुरोध किया, "जल्दी से एक प्याला चाय मँगवा दो।"

भास्कर को स्वयं सचिव-गोष्ठी में पहुँचने का ध्यान आया। लिहाफ में ही कुर्ता-पाजामा पहनकर उठा। हेना ने अभी प्रसाधन न किया था, केश बिखरे हुए थे, परन्तु संध्या के प्रसाधन सज्जित चेहरे से अधिक भली लग रही थी।

"तुम ऐसे अधिक प्यारी लग रही हो।" भास्कर मुस्कराया और बैरे के लिये घंटी का बटन दबाकर गुसलखाने में चला गया। हेना प्रसाधन के लिये पलंगों के समीप ड्रेसिंग आलमारी के सामने हो गयी।

बाथरूम में भास्कर को वाशबेसिन पर आइने में अपने माथे, गालों और होंठों पर हेना की भंवों और होंठों से लगी कालिख और लाली दिखायी दिये। इन दागों से ग्लानि नहीं, रोमांचक तुष्टि की मधुर सिहरन अनुभव हुई। साबुन से मुँह धो डाला। वह दूसरे का इस्तेमाल किया तौलिया नहीं छूता। तौलिया उठाया तो वह हेना के प्रयोग से दागी और कुछ भीगा हुआ था। उस पर झुँझलाहट नहीं, प्यार ही आया। गनीमत की अच्छे होटलों के बाथरूम में दो-तीन तौलिये रहते हैं।

भास्कर को गुसलखाने में याद आया, हेना को कुछ देना है।····उसने कुछ कहा, माँगा नहीं····आंटी की मुट्ठी में पुनैया के नोट थमा देने की याद पर देना तो चाहिये ही। इसी आशा से तो आयी होगी। खैर, है बहुत प्यारी। शी इज ग्राण्ड। आनन्द आ गया। उसने स्वयं कुछ नहीं कहा। इतनी तकल्लुफी है तो पूछना भी ठीक नहीं। चलते समय मुट्टी में थमा देना ठीक होगा। पचास, पचास तो कम नहीं समझेगी। मामूली उपहार के तौर पर आज संध्या डिनर पर बुला लूँ। कभी छुट्टी में दिल्ली आ जाये। कलकत्ता में तो पूजा की लम्बी छुट्टी होती है।

भास्कर बाथरूम से बाहर आया। हेना ड्रेसिंग आलमारी के आइने के सामने केशों में लहरें बैठा रही थी। भास्कर के रुपये ड्रेसिंग आलमारी में टंगे कोट की जेब में थे। हेना मुस्करायी—"डियर, चाय नहीं आयी। पौने आठ हो रहे हैं।"

"यह जगह जरा दूर है।" भास्कर ने कहा, "फोन पर कह दूँ।" उसने डायल पर पहला अंक ही घुमाया था कि किवाड़ों पर हल्की दस्तक सुनकर हाथ रुक गया—"ले आया।" हेना की ओर देखा। उठकर दरवाजे की चिटखनी गिराकर किवाड़ खोलते हुए राह देने के लिये पीछे हट गया।

× × ×

मोती को फिर अपनी ओर खींचते-खींचते भास्कर सहसा उसकी बाँह छोड़कर कमरे से निकल गया। उसे लगा जैसे ऊँचा जीना चढ़ते समय सहारे के लिये पकड़ी हुई रस्सी सहसा टूट जाने से धड़ाम से नीचे आ गिरी हो। उद्दीप्त स्नायु तड़ककर विषण्ण; जैसे शरीर से सम्पूर्ण शक्ति खिंच गयी। कुछ पल बिलकुल हतप्रभ, स्तब्ध····क्या हो गया उसे?

लड़खड़ाने कदमों से दरवाजे की ओर बढ़ी। पर्दे की कोर से बाहर देखा—बिजली का प्रकाश था। भास्कर सामने ढलवान पर लगी फुलवाड़ी में गर्दन झुकाये चक्कर लगा रहा था। आँसू उमड़ आये, और गला रुँध गया। पुकार कैसे सकती थी। उसके समीप कैसे चली जाती।

बेबसी का दीर्घ निश्वास ले कुर्सी पर बैठ गयी—कैसा आदमी है? क्या हो जाता है इसे!····फिर उस दिन जैसा तिरस्कार····कन्धों पर उठाकर पटक दिया। दरवाजे की ओर आँखें लगाये उत्ताप के आँसू पोंछती रही। छोटा रूमाल कितने आँसू सोंख सकता था। दस मिनट बैठी रही। घड़ी आँखों के समीप कर देखा—आठ में दस मिनट। उठकर फिर पर्दे की ओट से झाँका। भास्कर वैसे ही गर्दन झुकाये चक्कर लगाये जा रहा था। सोचा क्या जाने कब लौटे। वह अधिक नहीं ठहर सकती थी। माँ को साढ़े छः तक लौटने के लिये कहा था। मस्तिष्क क्रोध से भन्ना उठा—क्या बेहूदगी है! पर्स से दूसरा रूमाल निकालकर आँखें खुश्क कीं। माथे पर ढीली हो गयीं लटें सँभालीं और खड़ी होकर साड़ी की सलवटें सीधी कीं। चेहरे से रुलाई-उदासी के चिह्न मिटाने के लिये पाउडर के उफ से पोंछा। पर्दे की ओट से फिर बाहर देखा। भास्कर वैसे ही चक्कर काटे जा रहा था। लाचारी का गहरा श्वास ले कमरे से निकली। बरामदे से उसी पगडण्डी की राह, जिधर से भास्कर लाया था, होटल की इमारत से बचकर लौट चली।

मसूरी में चार आदमियों से खींची जाने वाली रिक्शा दिल्ली की टैक्सी से महँगी पड़ती है। स्वस्थ, चुस्त शरीर मोती को उतराई-चढ़ाई पर भी चार-पाँच मील चल लेने में कोई असुविधा नहीं होती, परन्तु उस समय उद्रेक की चोटी से धक्का देकर गिरा दिये जाने की चोट से शरीर जर्जर हो रहा था। घुटने लड़खड़ा रहे थे। मस्तिष्क में भर गये क्षोभ के धुँध से आँखें धुँधला थीं। ऐसी अवस्था में सड़क पर लोगों की नजरों से संकोच और अपमान लग रहा था। मील से भी कम रास्ते के लिये रिक्शा लेनी पड़ी। संध्या थी, वर्षा न होने पर भी टप उठा देने के लिये कह दिया—जैसे सर्दी मालूम हो रही हो।

रिक्शा में लोगों की नजरों से रक्षा का विश्वास पाते ही आँखें फिर उमड़ आयीं। अवश न होने के निश्चय से दाँत पीस लिये—"कैसा आदमी है! उस दिन भी ऐसे ही किया····मुझे क्या पड़ी थी?····क्यों आगे

बढ़कर बात की?····मैं ही बेहता हूँ····· कैसी-कैसी बातें—स्वतः आकर्षण, आकर्षण को बेबसी, प्यार के लिये प्यार! असीम-उन्मुक्त प्यार में मन और तन का सम्पूर्ण ऐक्य! यह सब प्रपंच सिर पर उठाकर पटक देने के लिये—मैं उसके लिये पागलों की तरह भागती फिरी। बदनामी और घर में परेशानी की परवाह न की।····आखिर बिगड़ता किस बात पर है?····स्वयं इतना उत्तेजित होकर भी मेरा अपमान करने के लिये यह नाटक।····अच्छा हुआ, बात यहीं तक रही। अब कभी मुँह न देखूँ।

सड़क पर रिक्शा छोड़ पगडंडी से मकान की ओर उतरते समय घर में अपनी व्याकुलता और खिन्नता प्रकट न होने देने के लिये सतर्क हो गयी।

माँ उसके विलम्ब से चिन्ता में थी। देखते ही पूछा—"हाय मुन्नी, इतनी देर कर दी। ओमा की तबियत तो ठीक है?"

"अम्मा, उसने उठने ही नहीं दिया।" नजर बचाकर उत्तर दिया, "बेचारी की तबियत ठीक नहीं, यों भी बहुत परेशान है।"

मोती को बेमान खाते देखकर भी माँ ने टोका। कह देना पड़ा—"माँ, ओमी ने खिला दिया है, भूख नहीं रही।"

मोती ध्यान बँटाने के लिये बेटे को कहानी सुनाने लगी। लड़का टोकने लगा—"नई-नई मम्मी, ऐसे नहीं है। ऐसे····।" अन्यमनस्कता में स्वयं कई बार सुनायी हुई कहानी भूल-भूल जाती थी। उसने बेटे को सो जाने के लिये पुचकारा—"····अब सो जाओ। सुबह नींद नहीं खुलेगी। स्कूल को देर हो जायेगी।"

बिस्तर में लेटा तो फिर मस्तिष्क में उमड़ आयी साँझ की घटना और दिल्ली का अनुभव।····कैसा आदमी है? कितना आग्रह स्वयं कितना अधीर और व्यग्र····दूसरे को उफना कर खुद छिटक गये। याद आ गया—भास्कर की गोद में अपने शरीर पर पुरुष स्नायुओं के विकट तनाव के स्पर्श से कितनी बेबस हो गयी थी। उस बेबसी को यत्न से वश कर, प्यार की ओर बढ़ाने के लिये जरा कुर्सी पर हो गयी थी। वैसे ही उस दिन भी दिल्ली में। इसी पर बिगड़ बैठा था, आज भी। चाहता क्या है····और उसके सामने स्वयं पसर जाये! और याद आया—रेस्तोराँ में भास्कर का हाथ अपनी ओर बढ़ने पर झिझकी थी तो बोला था—दोनों

ओर से इच्छा और आवेग के बिना कुछ चाहना पशुता समझता हूँ। आई एम नाट ए सैडिस्ट (बर्बर)।

····अल्हड़ अनाड़ी। मोती के मन से तिरस्कार का क्षोभ सहसा विलीन। प्यार की मुस्कान आ गयी—कुँआरा है, इस उम्र में भी लड़का! कुआँरियों सी झेंप····कभी औरत को मनाना नहीं पड़ा।····खुद कुढ़-तड़प रहा होगा। भास्कर की गोद में उसकी उत्तेजना के स्पर्श की स्मृति से प्यार का आवेश उमड़कर स्नायु तन गये। मन उसे बाँहों में ले पुचकार कर मना लेने के लिये उमड़ पड़ा। शरीर तनकर मुट्ठियाँ बँध गयीं। प्यार के उद्वेग से सोचा—अल्हड़ कहीं का। ठीक हो जायेगा।····कितना परेशान होगा। सुबह मीटिंग में तो उसे दस बजे जाना है। सुबह ही····।

मोती के बेटे को स्कूल के लिये सात से पले ही भेज देना होता था। सुबह घर में सब काम जल्दी-जल्दी होते थे। बेटे को स्कूल के कपड़े पहनाते-पहनाते मोती माँ से बोली—"अम्मा जी, आज दिन में मुझे बहुत काम हैं। बारिश का क्या भरोसा, फिर आ जाये। कल इसी वजह से दोपहर में न जा सकी। ओमा बहुत घबरा रही थी। उसे कह दिया था, सुबह ही आऊँगी। नौ-दस तक लौटकर दूसरे काम देखूँ।" जल्दी-जल्दी काम समेटने लगी। पिता को भी नाश्ता दे दिया।

एक दिन कनाट प्लेस रेस्तोराँ में गयी थी तो रेशम की बर्फानी सफेद साड़ी पहनी थी। भास्कर ने बहुत पसन्द की थी। वही साड़ी पहनी। सवा सात तक घर से निकल गयी। रात का निश्चय पूरा करने की उमंग में क़दम तेज थे। मन उमग रहा था—कितना बड़ा काम करता है, कितना बुद्धिमान, कैसी गहरी और समझ की बातें पर इस मामले में अनाड़ी, अल्हड़, लड़का।····अभी मनाये लेती हूँ। कहेगा—गलतफहमी हो गयी, माफ कर दो।····पागल। मोती होटल की बगल से अनेक्सी को जाती पगडंडी से उतर गयी।

भास्कर के कमरे का दरवाजा बन्द था।····सो रहा है अभी तक! दूसरों को तड़पा कर खुद कुम्भकरण की नींद। मोती ने सोचा, आँख खुलते ही सामने पाकर हैरान रह जायेगा। दरवाजे पर दस्तक देते ओठों पर मुस्कान आ गयी।

हल्की दस्तक के उत्तर में तुरन्त चिटखनी गिरने और किवाड़ खुलने की आहट।

मोती ने समझा—जाग रहा है। पर्दा हटाकर भीतर चली गयी। एक ही नजर में देखा—भास्कर रात के कमीज-पाजामे में, भौंचक। बायीं ओर पार्टीशन का पर्दा हटा हुआ। अलमारी के आइने के सामने एक औरत हाथ में कंघी लिये। उसके आ जाने से आतंकित, स्तब्ध। समीप पलंग पर बिस्तर मसला हुआ। दूसरे पलंग पर लगा बिस्तर अछूता।

मोती के सिर में चक्कर, साँस रुककर चेहरा तमतमा गया। क्रोध-घृणा की तीखी नजर भास्कर की ओर डाल लज्जा और क्षोभ में कमरे से बाहर हो गयी। बरामदे में जाकर साँस लिया। मस्तिष्क क्रोध और आत्मग्लानि के धुँध से अवश। उसी प्रकार घुटने और कदम।

× × ×

हेना को काठ मार गया। सुबह-सुबह आगन्तुक युवती का सहजसाधिकार प्रवेश, उसकी मुद्रा में सहसा परिवर्तन, उसका क्रोध।···· निश्चय पत्नी। फजीहत की आशंका से काँप उठी। लपककर कुर्सी से अपना पर्स उठाया और कमरे से बाहर। महिला से पुनः सामना और विकट स्थिति से बचाव के लिये तुरन्त भाग जाने के अतिरिक्त और चारा न था।

हेना बरामदे में से निकली तो सफेद साड़ी में महिला शिथिल कदमों से पगडंडी की ओर बढ़ रही थी। हेना के लिये दूसरा रास्ता न था। उसने कदम तेज किये। गर्दन झुकाये महिला से बचकर आगे निकल गयी। कदम और भी तेज। विपद और फजीहत की सम्भावना से दूर हो जाने के लिये भाग गयी।

मोती ने औरत को भास्कर के कमरे से निकलकर भाग जाते देखा तो कदम ठिंठक गये। सोचा—यह क्या तमाशा है? दाँत पीस लिये—पूछूँ तो, यही उसका प्राकृतिक आकर्षण-प्यार है?····मुझे भी ऐसे ही समझा है। भयंकर ग्लानि, प्रतिहिंसा का क्षोभ। ····एक बार पूछूँ तो। कमरे की ओर लौट पड़ी। भास्कर अप्रत्याशित स्थिति से स्तब्ध, निस्तेज, निश्चल कमरे में खड़ा था। पर्दा हिलने की दृष्टि दरवाजे की ओर गयी। मोती का चेहरा तमतमाया हुआ, आँखें सजल-लाल। आवेश में बिलकुल समीप आ गयी, जैसे थप्पड़ मार देगी।

"यह क्या है?" मोती ने क्रोध में ओठ काट लिये, "हमसे प्यार की बातें···परेशान करना!" वह हकला गयी, "हमारी इनसल्ट, दूसरियों से रंग-रेलियाँ!" क्रोध से आँसू छलक आये।

भास्कर की आँखें झुक गयीं। मौन।

"कितनी फँसा रखी हैं? हमें भी ऐसा ही समझा है?" मोती ने होंठ काट लिये।

भास्कर मौन।

"इसे साथ लाये थे तो हमें क्यों बहका रहे थे।" मोती के आँसू बह गये। भास्कर को मौन देखकर पुकारा—"बोलते क्यों नहीं?"

"यह तो कल साँझ होटल के फाटक पर मिली।" भास्कर का बोल फूटा।

"तुम्हारी प्यार-पसन्द ऐसी ही है तो हमें क्यों परेशान किया!"

"मेरी पसन्द नहीं है। तुमने मजबूर किया।" भास्कर ने उत्तर दिया, "तुम पुचकार कर दुत्कार दो तो दूसरा क्या करे?···आखिर आदमी हूँ।"

"तुम्हें ऐसी बेहया, खुद लिपट जाने वाली चाहिये।" मोती का स्वर बदल गया। हाथ का पर्स फर्श पर गिर पड़ा। बढ़कर पंजों के बल उसकी। दोनों बाँहें भास्कर के गले में डाल दीं। मुख उसके सीने पर दबाकर फफक उठी। भास्कर ने सांत्वना देने के लिये उसकी पीठ सहलायी। मोती ने बाँहें भास्कर की गर्दन में कसकर पाँव फर्श से उठा लिये। उसके सीने पर लटक गयी।

भास्कर फिर चकित बेबस। अपनी गर्दन से लटकी मोती को सँभालने के लिये एक हाथ से उसे कूल्हों से सँभाला। उसे उठाये ही बढ़कर किवाड़ों पर चिटखनी लगा दी।

मोती ने भास्कर की गर्दन पर बाँहों की जकड़ ढीली पर पाँव फर्श पर टिकाये। आवेश से सोफा की ओर बढ़ी। साड़ी को कन्धे से उतारा और कमर से खींचकर सोफा पर डाल दिया। ब्लाउज भी उतारकर वहीं रख दिया। भद्रता की प्रतीत पोशाक मसलकर बिगड़ जाने की सावधानी अदम्य उद्वेग और क्षोभ में भी बनी थी। मोती ने अँगिया पेटीकोट में घूमकर बाँहें फिर भास्कर की गर्दन में डाल दीं। आँसुओं से भीगा मुख

उसकी ओर उठा, आँखों में आँखें डालकर मुस्करायी—''लो उतार लो, उतार लो गुस्सा। चाहे मुझे मार डालो, किसी दूसरी डायन को छूने नहीं दूँगी।''

उचककर उसके होंठों का गहरा चुम्बन लिया—''तुम मेरे हो।'' पूरा शरीर उससे चिपका दिया, ''मार डालो मार डालो मुझे। किसी रंडी को छूने नहीं दूँगी।''

हेना के लिये 'रडी' शब्द भास्कर को खल गया। विषम परिस्थिति में था। चिरवांछित कमनीय शरीर उसकी बाँहों में साग्रह समर्पित। नारी शरीर के साग्रह स्पर्श की उत्कट उत्तेजना। मस्तिष्क में मोती के गत व्यवहार के लिये और अब हेना को रंडी कहने के लिये क्रोध। संयम से स्थिति सुलझाने के दृढ़ निश्चय से मोती को आलिंगन में ले उसका माथा चूमा—''डियर, मुझे मीटिंग में जाना है, तुरन्त! संध्या मिलेंगे अभी नहीं।''

''ऊँ ऽऽ····हम'' मोती मचलकर प्रबल आग्रह में लिपट गयी।

भास्कर ने उसे आश्वासन के लिये सीने पर दबाया—''डियर, अभी सम्भव नहीं। संध्या।''

''हूँ!'' झेंप और विवशता के निश्वास से मोती की बाँहें भास्कर की गर्दन में ढीली हो गयीं। आँसू भरा मुख उसकी ओर उठाकर स्नेह से मुस्करायी, ''याद रखना, किसी दूसरी को छुआ तो जहर खा लूँगी।'' वह अपने पाँवों पर हो गयी।

कमरे से बाहर निकलने से पूर्व मुँह धोकर केश ठीककर लेना आवश्यक था। मोती ने अनुमान से गुसलखाने के दरवाजे की ओर देखा—''वहाँ पानी है?''

भास्कर ने अनुमति का संकेत किया। मोती साड़ी-ब्लाउज लेकर गुसलखाने में चली गयी। उसके मुँह धो लेने की प्रतीक्षा में भास्कर ने फिलहाल संकट टल जाने के आस्वासन में सिगरेट सुलगा ली।

मुँह धोकर मोती ने तौलिया लिया तो हेना का इस्तेमाल किया तौलिया हाथ में आ गया था। बाहर निकल घिन से बोली—''रंडी ने तुम्हारे तौलिये का क्या हाल कर दिया!''

भास्कर ने मौन क्रोध में दाँत पीस लिये।

कमरे से निकलने से पूर्व मोती ने फिर भास्कर के सीने से सटकर पंजों पर उचककर ओठ उठा दिये—"तुम चार-साढ़े चार बजे उधर आ जाना।····न, क्या जरूरत। पाँच तक मैं ही यहाँ आ जाऊँगी।"

भास्कर ने चुम्बन से अनुमति दी। पिछली साँझ मोती को अगले दिन साँझ तक कमरा। आरक्षित होने की बात कह चुका था। संध्या लौटना था।

भास्कर गुसलखाने में जाकर जल्दी-जल्दी शेव करने लगा। हेना के चेहरे से खराब तौलिया उसे स्वयं अच्छा न लगा था, परन्तु मोती के शब्द, रंडी ने तौलिये का क्या हाल कर दिया, असह्य थे मोती के मुख पर लगे तौलिये से भी घिन आयी और स्वयं मोती से भी। गनीमत, यात्रा के लिये अपना तौलिया साथ लाया था। ड्रेसिंग आलमारी से अपना तौलिया ले लिया। मोती के प्रति क्षोभ बढ़ा—क्या चरित्तर है? उस दोपहार और कल साँझ संकोच और झिझक के अबूझ नाटक। आज सुबह ही आ जाने की विह्वलता, समर्पण का आग्रह। कल साँझ तक क्या अड़चन थी।····कल साँझ वह नाटक न किया होता तो····!

····उस बेचारी को गाली देने का मतलब! इसका क्या छीन लिया उसने? क्या बिगाड़ दिया? हेना ने क्या धोखा दिया? प्रतिक्रिया में मोती के प्रति क्रोध। उस बौखलाहट में चेहरे पर दो जगह उस्तरा लग गया।

भास्कर को नाश्ता बहुत जल्दी-जल्दी में करना पड़ा। उस समय भी मस्तिष्क भटकता रहा।····मोती के शब्द कान में गूँज जाते—तुम मेरे हो, किसी दूसरी को छुआ तो जहर खा लूँगी और हेना से किल्लोल और पायी तुष्टि की स्मृति की सिहरन।····साँझ पाँच बजे खुद दौड़ी आयेगी।···· कल तक उसे मेरी विह्वलता से, मुझे तड़पाने में रस मिलता रहा। आज मुझे दूसरे की बाँहों में चला गया समझने की अधीरता, ईर्षा!····यह आत्मतोष के लिये समर्पण प्यार है या स्वामित्व के दावे की ईर्ष्या! फाँसता मैं हूँ या तू!····और कुछ नहीं, एकाधिकार का दावा पहले।···· दूसरी को रंडी कहेगी। सहसा सूझा—झिझक, भीरुता और शील का पाखण्ड। मन में इच्छा कि जबरदस्ती दबा लूँ। मैं क्या बर्बर सैडिस्ट हूँ?

इससे तो हेना····ओह! उसे रुपये तो दिये ही नहीं! मुख में भरा नाश्ते का कौर रेत बन गया। न चबाते बन रहा था, न निगलते। खा न सका। कुछ घूँट काफी लेकर उठ गया।

भास्कर को पहली बार गुसलखाने से निकलते समय हेना को रुपये दे देने का ख्याल आया था। तब हेना आलमारी के सामने कंघी लिये खड़ी थी, वह चाय के लिये फोन करने लगा। तभी किवाड़ों पर दस्तक और मोती आ पहुँची।····बेचारी को इसी के डर से, बावेले की आशंका से भाग जाना पड़ा।····बेचारी गरीब के साथ धोखा।····मुझे तुष्ट करने में उसने क्या कसर रखी! कितनी उन्मुक्त उदार। निर्बाध, उद्दाम प्यार की बौछार। उसके साथ धोखा, इस कपटिन के कारण। यही उस बेचारी को रंडी कहे। गरीब के साथ धोखा, इसी की वजह से। मीटिंग के लिये जाते समय रास्ते में मन बहुत विक्षिप्त था।

राज्य-सचिवों का विमर्श एक घण्टे से पूर्व समाप्त हो गया। उतना काम पिछले दिन भी हो सकता था। भास्कर ने सोचा—एक दिन और मसूरी में रह सकने और एक दिन का भत्ता खाने के प्रयोजन से ही विमर्श के लिये दो दिन रखे गये थे। ऐसा परामर्श तो पत्राचार से भी हो सकता था।

दिल्ली तुरन्त संवाद देने तारघर जाते समय मन में हेना के साथ धोखे और अन्याय के लिये उग्र खिन्नता थी····उस गरीब के रुपये कैसे दे?····संध्या मोती से मिलने के विचार से ग्लानि और हेना को खोजकर रुपये दे सकने की व्याकुलता। पर अब उसे कहाँ खोजा जा सकता था? अपरिचित मसूरी में जमा तीन लाख सैलानियों की भीड़ उसे कहाँ खोजा जा सकेगा? जाने कहाँ रहती है, क्या करती है? पुनैया की बात याद आ गयी—शैतान जाने उसका असली नाम क्या है····! जो भी हो धोखा हेना ने नहीं दिया, उसके साथ हुआ, मोती के प्रपंच और नाटक के कारण। धोखे का अपराधी वह स्वयं। मोती धोखा लगने लगी। उसका सुडौल शरीर, आकर्षण रूप, शील की झिझक का व्यवहार सब धोखा। दावे के फंदे का रस लेने के लिये धूप में चमकता मकड़ी का सुनहरा-सुन्दर जाल। किसी को फँसाकर उसकी तड़प का रस लेने के लिये। आकर्षण की तुष्टि का सन्तोष नहीं, दूसरे को अपनी वस्तु, अपना पालक गुलाम समझने का सन्तोष और अहंकार।····

छी, उसका मुँह नहीं देखेगा। हेना को खोज सकने की सम्भावना न थी।

लंच के पश्चात भास्कर ने होटल के दफ्तर में तीसरे पहर तक बिल दे दिये जाने का अनुरोध कर दिया। आरक्षण के अनुसार उसे अगले दिन तीसरे पहर तक का किराया देना था। उसकी चिन्ता न की। खर्च पत्र की ओर से था। मसूरी में स्थिति असह्य हो गयी थी।

मसूरी से देहरादून की ओर ढालू सड़क पर टैक्सी में तेजी से नीचे फिसलते जाते लग रहा था—विवशता में हेना के साथ धोखा दे देने की विकट ग्लानि उसे रसातल में धकेल रही है। उस बेचारी ने कितनी सरलता और विश्वास का व्यवहार किया। हेना की आठ घंटे की संगति, एक सद्यः बीता, पूर्ण तुष्टि की मधुर स्मृति का युग जान पड़ रही थी। उसकी बात या व्यवहार में दावे या निचोड़ने का कोई संकेत या छाया न थी। केवल आकर्षण का मधुर उद्दीपन, उसका चरम उत्कर्ष और उन्मुक्त तुष्टि।····उसे धोखा दिलाने वाली, अपने आकर्षण के गर्व और दावे की तुष्टि के लिये दूसरे की तड़प से रस चाहने वाली, दूसरे की तड़प और तुष्टि से बेपरवाह, प्रेम के नाम पर केवल अपने एकाधिकार का दावा करने वाली, उस गरीब निष्कपट लड़की को वह छलिया रंडी कहे।

भास्कर के पास दिल्ली का वापसी टिकट और आरक्षण अगली संध्या के लिये था। उस मानसिक स्थिति में रात और अगला दिन देहरादून में कहाँ बिताता। नया टिकट खरीदना पड़ा। फर्स्ट क्लास और तीसरे दर्जे की शायिका में सभी स्थान पूर्व आरक्षित थे। किसी तरह दूसरे दर्जे की भीड़ में बैठने मात्र की जगह मिल सकी पर प्रपंचिन मोती से मुक्ति का संतोष था।

ऊँघ में लुढ़कने के धक्के से भास्कर की नींद टूट जाती और गत रात उसी समय के अनुभव, हेना की किल्लोल संगति से अवश, उन्मेष, उद्दीपन, आत्म-विस्मृति और अनिर्वचनीय तुष्टि की स्मृति की मधुर सिहरन। उसके लिये प्यार-चाह उमड़ आते। उसके साथ धोखा····उसे रंडी कहना! उसने क्या छत्र, नीचता, कृपणता की? उसने क्या माँगा, क्या नहीं देना चाहा, क्या देने का सोच्छ्वास यत्न नहीं किया? वह तफरीह-तुष्टि चाहती है तो देने में भी उन्मुक्त उदार। यौन तुष्टि कौन नहीं चाहता? कौन पाने का यत्न नहीं करता? हेना ने आकर्षण की तुष्टि को

प्यार-समर्पण या धर्म-सम्बन्ध का नाम देकर असीम प्रेम, निस्वार्थ समर्पण के दम्भ का फन्दा नहीं डाला।

····आशा तो उसने कुछ जरूर की होगी पर उसके लिये तन-मन से संतुष्ट करने से अधिक ईमानदारी, नेकनीयत नैतिकता और क्या है? प्यार-तफरीह, तुष्टि के मूल्य में कुछ रुपये की आशा रंडीपन है····परस्पर सन्तोष-तुष्टि के व्यवहार को अलौकिक, आत्मिक सम्बन्ध बताकर एकमात्र अधिकार का दावा, व्यक्ति को अपनी सम्पत्ति समझ लेना क्या है? वह फर्म में काम करती है। कम आमदनी के कारण कुछ रुपयों की आशा कर लेना ही रंडीपन और नीचता है।

पुनैया की बात—"····रंडी छोकरी कहते हो, हम-तुम क्या हैं?···· दिमाग और विचारों की वेश्यावृत्ति करने वाले!····कौन नहीं बेचता दूसरों की आवश्यकता पूर्ति या सन्तोष दे सकने की अपनी क्षमता को! बड़े से बड़े डाक्टर साँस लेते रह सकने के अवसर के लिये सहायता के मूल्य में दूसरों को किस तरह निचोड़ते हैं! हाईकोर्ट, सुप्रीमकोर्ट के वकील फीस दे सकने वाले के किसी भी दावे को न्याय प्रमाणित करने के लिये अपना दिमाग और न्याय बुद्धि बेचने को आतुर। जनता की भूख का उपाय करने के नाम पर भत्ता कमाने और गुलछर्रे उड़ाने वाले अफसर। पद और शक्ति के नशे और रस के लिये देश-सेवा; जनसेवा और राजनीति को व्यवसाय बना लेने वाले नेता क्या करते हैं? यह सब देश-जनता की सेवा राजनीति और सम्मानित व्यवसाय हैं। अपनी शरीर संगति से तुष्टि का कुछ मूल्य चाहे तो घृणित रंडी और वेश्या!

फिर हेना कल्पना में साकार। उसका आतंक और सहम से सिर झुकाये कतराकर कमरे से भाग जाना। फिर मोती की लाल, सजल आँखें और आँसू भीगा चेहरा—तुम मेरे हो।···साँझ पाँच बजे खुद ही आ जाऊँगी!····मोती को पा सकने के लिये अपनी व्याकुलता की याद। यहाँ तक कल्पना कि यदि वह अविवाहित होती····। उसके व्यवहार से अनुभूत कुंठा। हेना को रंडी कहती है····।

मन में कौंधा, हेना ने क्या रंडीपन किया? मोती न आती, मैं उसके हाथ में नोट थमाना चाह था। वह घृणा से मेरा हाथ झटककर अपना पर्स खोल लेती—बोलो कितना चाहिये तुम्हें, डांसहाल का खर्च भी!····जोंक नहीं हूँ। कमाती हूँ, शायद तुम्हारे जितना ही। अपमान की

कल्पना से रोंगटे खड़े हो गये। उसने कुछ माँगा नहीं, न वैसा कोई संकेत। संगति ही चाही थी। कहा था—"तुम्हें देख रही थी। इतने अच्छे लगे कि संकोच दबाकर संगति के लिये अनुरोध कर लिया।" सरल, निश्छल बात; इसमें सौदा या फँसाना क्या? आर्ट हाल में मोती को देखते ही मुझे सामीप्य की चाह नहीं हो गयी थी! हेना को मैं अच्छा लगा तो क्या विस्मय! मुझे भी तो वह अच्छी लगी थी। हेना को कुछ पाने की आशा होगी, यह मेरी कल्पना ही तो है! मेरा संस्कार! उसने कब माँगा।

····हेना फर्म में काम करती है। मेरी तरह या अन्य पुरुषों की तरह आत्मनिर्भर नारी आकर्षण का संवेदन या इच्छा अनुभव नहीं कर सकती! ऐसी बात के लिये उससे सदा आश्रय या कुछ ऐंठ सकने की आशा की शंका क्यों की जाये! क्यों मान किया जाये कि नारी को आकर्षण-संगति के संतोष की चाह नहीं, सदा स्थायी जाल में या कुछ पा सकने के लोभ से फँसाना ही चाहती है!····कतराना और आतंक का पाखण्ड ही नारी का शील क्यों माना जाये! वह सदा संतुष्ट करने का दम्भ क्यों करे, अपना संतोष क्यों न स्वीकारे! बदर से कुंठित होकर भी ऐसा ही सोच लिया था। नारी को सदा सम्पत्ति या अपनी तफरीह का सौदा ही समझना नारी के प्रति पुरुष का हीन विचार, मिथ्या अहंकार और अन्याय नहीं तो क्या है? आत्मविश्वासी, आत्मनिर्भर नर-नारी क्यों फँसायें! क्यों फँसें!

•